Edition Gegenwind

Christa Zeuch

Mit humorvoller Leichtigkeit erzählt die Autorin durchaus tiefsinnig von Menschen wie ich du er sie es.

Seit 1984 sind von ihr über 60 teils ausgezeichnete Kinder- und Jugendbücher in bekannten Verlagen erschienen (Anrich, Arena, Carlsen, Oetinger, ArsEdition, Elefanten-Press/Bertelsmann, Ravensburger). In den letzten Jahren hat sie sich mit ihren Veröffentlichungen der Edition Gegenwind angeschlossen, einer Gemeinschaft anerkannter Autorinnen und Autoren, Illustratoren und Illustratorinnen, die der Schriftsteller Ulrich Karger ins Leben gerufen hat.

Ihr Gesamtwerk umfasst ebenso eine umfangreiche Sammlung Kinderlieder und -gedichte. Ganz „nebenbei" entstehen lyrische Texte sowie Kurzgeschichten für Erwachsene. In den 28 Storys dieses Buches führt uns die Autorin zu fiktiven sowie real erlebten Schauplätzen mit sehr unterschiedlichen Menschenbildern.

Mit ihrem Mann lebt sie in einem Dorf nahe Eckernförde an der Ostsee und freut sich stets über Besuch ihrer großen Familie. Sie ist Mutter von zwei, Großmutter von vier und Urgroßmutter von bisher fünf Kindern.

Christa Zeuch

Menschen wie ich du er sie es

Geschichten mit und ohne Kopf

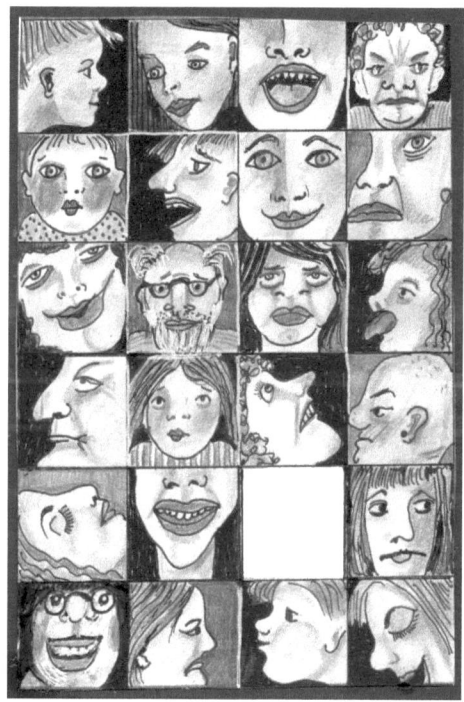

G

Edition Gegenwind

Bibliographische Information der Deutschen Bibliothek:
Die Deutsche Bibliothek verzeichnet diese Publikation
in der Deutschen Nationalbibliographie; detaillierte Daten sind im Internet unter
http://dnb.ddb.de abrufbar.

Originalausgabe in der Reihe *Belletristik*
Titelbild und Texte: © 2023Christa Zeuch
Wiedergabe des Werks ganz oder teilweise
nur mit Zustimmung der Autorin
Covergestaltung und Gesamtlayout: Fabian Zeuch
Herstellung und Verlag:
BoD - Books on Demand, Norderstedt

ISBN 978-3-7583-0839-0

www.edition-gegenwind.de.vu

Inhalt

Menschen wie ich du er sie es

Das eine Leben

Nicht zu wissen, mit welcher Art Menschen ich im selben Hausaufgang lebe, erscheint mir unvereinbar mit meinem Bedürfnis, mich als friedliebende Nachbarin in eine ebensolche Nachbarschaft zu integrieren.

Um etwas an der Anonymität meines Hinterhauswohnens zu ändern, werde ich mir ein Herz fassen und den Klingelknopf im Parterre drücken. Ich könnte den alten Herrn ja einfach mal fragen, ob ich ihm etwas aus der Stadt mitbringen soll.

Aber das wird nicht meine einzige Frage bleiben, denn ich fange an, mich für ihn zu interessieren. Oder eher für etwas, das er kurz an-, nicht aber ausgesprochen hat.

Was es damit auf sich hat? Da muss ich etwas weiter ausholen.

Ich bin Alleinbewohnerin der Mittelwohnung im ersten Stock des Hinterhauses Moosbachstraße 7, zu dem ich durch den Flur des Vorderhauses und eine missratene Grünanlage im Zwischenhof gelange. Wer zu mir will, klingelt bei A. Schüller.

Eine bröckelnde, efeubewachsene Backsteinmauer trennt die linke Hofseite vom Städtischen Kindergarten, die rechte grenzt an ein Freiluftlager für Kistentürme leerer Bier- und Wasserflaschen.

Der großflächige Hofkindergarten bietet, da dort kein Hinterhaus Platz wegnimmt, etwa achtzig kleinen Kraftbotzen genügend Freiraum zum Toben und Schreien.

Auf der anderen Seite wird mir, bevor ich aufstehen muss, eine Kakophonie unerwünschter Morgenmusik zugemutet. Früh um sieben geht das Scheppern leerer Flaschen los, dazu das Gedonner der zum Abtransport auf Lastwagen gewuchteten Kisten.

Die Geräuschkulisse von beiden Hofseiten könnte extremer kaum sein. Doch wenn ich auch wegen des Lärms oft für geschlossene Fenster sorgen muss – missen möchte ich mein Hinterhofdomizil nicht!

Etwa achtzig Personen leben in Vorder- und Hinterhaus, junge, alte, weibliche, männliche, diverse, tätowierte, kopfbetuchte, manche mit farbiger, andere mit heller Haut. Leider treffe ich selten jemanden aus den Nachbarwohnungen. Wie Geister huschen sie früh zu ihren Brotverdienplätzen, für mich unsichtbar, weil mein Berufstag erst um zehn Uhr an der Ladenkasse der Boutique Jordan beginnt, ganz hinten am Ende der Moosbachstraße.

Bis jetzt kenne ich die Wenigsten, wobei Kennen nicht über kurzes gegenseitiges *Er*kennen hinausgeht. Die Kinder springen meist grußlos die Stufen rauf oder runter, andere Hausbewohner drücken sich an mir vorbei und murmeln, wenn's hoch kommt, *Tach*. Was ich betont freundlich erwidere.

Anfangs habe ich es mit *Hallo, Moin* oder *Tachchen* versucht, wobei es meinem Sprachgefühl am ehesten entspricht, einen *guten Tag* zu wünschen.

Inzwischen steigere ich mein Bemühen um Kontaktaufnahme, indem ich hinzufüge: *Ein wirklich schöner Tag heute, was?* Oder: *Ziemliches Mistwetter, aber zum Glück gibt es ja Schirme.* Damit kann ich nichts falsch machen.

So kommt es, dass ich neuerdings jeden anspreche, der mir als dem Haus Zugehöriger verdächtig erscheint.

Erstaunlicherweise ist es am heutigen Dienstag bereits die dritte Begegnung, und mit dem Mut, eine etwas familiärere Hinterhausgemeinschaft entstehen zu lassen, frage ich die junge Frau mit dem kurzen roten Rock und den ganzarmigen Rosen-Tattoos: „Hallo, na wie geht's?"

„Ganz okay." Husch ist sie treppab verschwunden.

Doch der Zufall beschert mir, kaum dass ich das Haus verlassen will, in der Eingangstür eine Frau, einen Mann und zwei ihrer Ableger.

Damit mir keiner auf die Füße trampelt, trete ich einen Schritt zurück. „Guten Tag, ich bin Andrea Schüller. Sagen Sie, wohnen Sie nicht direkt über mir? Ich meine im zweiten Stock?"

Das hätte ich nicht zu fragen brauchen, über meinem Schlafzimmer scheinen die Kinder für Fußballturniere zu trainieren.

„Wieso, is was?", reagiert der Kindsvater.

„Nein, nein, überhaupt nichts. Ich dachte es mir nur, ich höre mitunter die Kinder über mir."

„Haben Sie was gegen Kinder?"

„Das wollte ich damit nicht gesagt haben."

„Dann is ja gut."

Diese Begegnung erweist sich gesprächsmäßig als unergiebig, schon gar nicht Nachbarschaft fördernd.

Aber ich bleibe auf der Lauer und erwische eine ältere Dame mit Mischlingshund sowie einen etwa fünfzehnjährigen Jungen, der sie begleitet.

„Guten Tag, geht's gut?"

„Man lebt." Sie sieht mich nicht an, ist mit dem Hund beschäftigt, den sie mit einem Fuß in den Hof zu schieben versucht, wogegen er sich doof glotzend sträubt.

Der Junge fragt unverhohlen: „Wieso woll'n Sie das von meiner Oma wissen?"

Wieder ein verfehlter Treffer.

Dann! öffnet sich im Parterre eine Wohnungstür, aus der ein älterer Herr tritt, den ich bisher nur wenige Male zu Gesicht bekommen habe.

Gewissenhaft schließt er sie ab, hängt sich einen Regenschirm in die Armbeuge, dreht sich um und gewahrt mich, die ich im Hausflur vor den Briefkästen lungere.

Er nickt mir knapp zu, müht sich etwas gehbehindert fünf Treppenstufen runter. Zückt einen kleinen Schlüssel und entnimmt seinem Briefkasten eine Postnachricht. Schließt gewissenhaft wieder zu.

Sein Gesicht legt sich in Unmutfalten, was sich anscheinend auf den Absender des Briefs bezieht.

„Guten Tag. Alles in Ordnung?"

Er scheint mich erst jetzt als menschliches und somit lebendiges Wesen wahrzunehmen, schüttelt den Kopf, wobei er vage mit dem Poststück wedelt.

„Oje, sieht nach 'ner schlechten Nachricht aus", sage ich mitfühlend.

„Wird sich raus stellen." Der alte Herr steckt den Umschlag in seine Jackentasche, geht an mir vorbei und wendet sich dem Hof zu.

Ich bin sofort verstummt mit dem Gefühl, unsensibel in seine Privatsphäre eingegriffen zu haben.

Er dreht sich aber noch einmal um und wirft mir einen Blick zu, als wüsste er über die ganze Welt Bescheid und ich so wenig wie ein Neugeborenes. „Tja, das *eine* Leben. Oder glauben Sie, wir kriegen ein zweites?"

Das ist starker Tobak für ein gerade entstehendes nachbarschaftliches Hinterhauskennenlernen. Über eine Antwort zu solch einer Frage habe ich mir noch nie Gedanken gemacht, geschweige denn sie mir überhaupt gestellt.

Im selben Moment geht mir auf, dass ein zweites Leben wohl kaum zu haben ist, außer ich werfe alle bisherigen Lebenserfahrungen und meine daraus resultierende Weltanschauung über den Haufen.

Ich stehe noch immer vor den Briefkästen, die in Reih und Glied sämtliche Parteien des Hinterhofhauses vertreten, und lese sein Namensschild: Rokowski. Herr Rokowski also, soeben durch die Tür zum Innenhof entschwunden, hinterlässt mir eine lebenswichtige, philosophische, wenn nicht spirituelle Fragestellung, nämlich die, ob ich mir ein zweites Leben, ganz allein für mich, vorstellen könnte.

Kann ich nicht, was ich bedaure, denn ich weiß, andere Menschen glauben an eine Chance, im nächsten Leben Wesentlicheres, Sinnvolleres zustande zu bringen, etwas, das ihnen ihr derzeitiges Erdenleben bisher vorenthalten hat.

Eins steht für mich sofort fest: Ich muss Herrn Rokowski noch einmal sprechen. Das kann er doch nicht einfach so daher sagen: Oder glauben Sie, wir kriegen ein zweites … Ich werde ihm auflauern, auf der untersten Stufe sitzend.

Der Erfolg erfüllt sich nach einer halben Stunde. Mit einem ausgebeulten, vollen Einkaufsbeutel kehrt er zurück, den Schirm hat er irgendwo stehen lassen.

„Ach, Sie sind das wieder."

„Ich habe auf Sie gewartet. Mich interessiert, was Sie meinen mit: das *eine* Leben."

Er setzt seine Stofftasche auf einer Treppenstufe ab und legt den Kopf schräg. „Was denken Sie denn?"

„Ich nehme an, dass wir keine Zeit verplempern sollten mit allem, was wir vorhaben. Dass wir uns beeilen müssen, um nichts zu versäumen. Wo wir doch bloß das *eine* Leben haben."

„Nicht schlecht", sagt Herr Rokowski. „Aber beeilen trifft es nicht. Wir müssen im Gegenteil uns verlangsamen. Der Zeit Zeit lassen. Ist genug von da, konstant und verlässlich. Nur das Beste und Wichtigste reinpacken, den Rest mit Muße genießen. Und wenn's geht, nicht so viel jammern und andern die Schuld geben für das, was wir selber nicht hinkriegen."

„Und wer sagt uns, was das Wichtigste und Beste ist?"

„Unser Verstand. Augen, Ohren, Gefühle und so weiter. Gibt leider einen Haufen Strohköpfe, die sie nicht benutzen. Wie heißen Sie überhaupt?"

„Andrea Schüller."

„Sie könnten mir, wenn es Ihnen nichts ausmacht, meine Tasche mal die Stufen rauf tragen."

Nachdem ich Herrn Rokowski vor seiner Wohnung verabschiedet habe, steige ich hinauf in meine. Das *eine* Leben …

Ich denke an meins. Würde ich es wünschenswert finden, ein zweites in Aussicht zu haben? Sogar ein drittes, das ich eigenständig verwalten, gestalten, behalten dürfte? Dieser Gedanke wäre hochgradig reizvoll, denn mein derzeitiges Dasein scheint zum Stillstand gekommen. Sowohl in diesem Hinterhaus als auch im Modegeschäft Jordan, in dem ich außer an Wochenenden sechs Stunden täglich mit Kassieren zubringe, dort wie hier als weitgehend unbemerkte Teilhaberin unserer Gesellschaft.

Mit dem *einen, meinem* derzeitigen Dasein ist mir zwar reichlich viel kostbares Leben geschenkt, aber ein langweiliges, unerfülltes zwischen Kindergarten und Getränkelager, Vorder-, Hinterhaus, Modetextilien und Zahlen tippen. Da wären mehrere schon sehr praktisch, die ich bei Bedarf abrufen, auswechseln, online buchen, leasen könnte.

Ernsthaft über ein zweites Leben, jenes nach meinem Tod, will ich allerdings nicht erst nachdenken, wenn ich so alt bin wie Herr Rokowski. Der alte Mann scheint etwas darüber zu wissen, zumindest zu ahnen, und das möchte ich ihm entlocken. Mit seiner Hilfe könnte ich mein plötzlich erwachtes Interesse an dem *einen Leben* zu meinem künftigen Forschungsgebiet über ein *zweites* ausweiten. Vielleicht stecken sogar bereits mehrere Leben in meinem *einen* Leben?

Wie gesagt, morgen fasse ich mir ein Herz und drücke seinen Klingelknopf. Ich könnte ihn ja erst mal fragen, ob ich ihm etwas aus der Stadt mitbringen soll.

Aber das wird nicht meine einzige Frage bleiben.

Agnes

Als Johanna vor die Haustür trat und die Auffahrt zur Straße hinunter ging, bemerkte sie im Schatten der großen Eiche eine Frau, die ihr so freudig entgegen winkte, als erwarte sie ihre beste Freundin.

Offensichtlich verwechselte sie die Jahreszeiten, trotz sommerlicher Temperaturen trug sie einen Strickrock, eine dicke Wolljacke und auf dem Kopf einen Filzhut, aus dem grau strähniges Haar auf ihre Schultern fiel. Etwa siebzig Jahre alt mochte sie sein.

Johanna ging auf sie zu. „Suchen Sie jemanden?"

„Sie."

„Dann kennen wir uns von irgendwoher?"

„Bestimmt. Ich gehe hier öfter lang. Ach, dürfte ich mir wohl Ihr Haus ansehen? Von außen, meine ich."

Leicht verdutzt schlenderte Johanna mit der fremden Frau zu ihrem etwas zurückliegenden Eigenheim.

„Gelber Backstein." Die Besucherin zog den Mund schief. „Roter würde besser passen zum Dorf. Aber hübsche Sommerblumen vorm Haus."

Johanna musterte ihre eher zufällig arrangierte Blumentopfgalerie vor der Eingangstür. Blaues Männertreu. Rot blühende Cannapflanzen. Ringelblumen.

„Vielleicht ein bisschen zu queerbeet."

„Gar nicht." Die Frau trat näher vor Johannas kleinen Ersatzgarten. „Kreativ. Wie Sie selber."

„Das wundert mich aber", entgegnete Johanna belustigt. „Woher wollen Sie wissen, dass ich kreativ bin?"

„Das sehe ich. An Ihrem bunten Flatterkleid. Ihren roten Haaren. Wie Sie sprechen. Sie malen oder schreiben Gedichte?"

Johanna wiegte den Kopf. Ein bisschen traf es beides.

„Haben Sie genug gesehen?" Sie wandte sich wieder der Straße zu. „Dann verabschiede ich mich, ich habe noch was vor. Nett, dass wir uns kennengelernt haben."

„Warten Sie. Oder ist es ein eiliger Termin?"

Etwas kindlich Zutrauliches im Blick der seltsam winterlich Gekleideten hielt Johanna tatsächlich zurück. „Wie heißen Sie?"

„Agnes."

„Ich bin Johanna. Wohnen Sie in der Nähe?"

„Hier in der …" Agnes dachte nach. „Wie heißt diese Straße gleich – Aprilstraße?"

„Eine Aprilstraße gibt es bei uns nicht. Wir sind in der Herzallee."

„Ja, stimmt. Mir fällt manches nicht gleich ein, ich war einige Zeit im Krankenhaus." Agnes wies in Richtung Ortsmitte. „Wollen Sie auch da lang? Dann können wir zusammen gehen."

Eigentlich hatte Johanna einen ausgiebigen Spaziergang im Sinn. Emotionalen Ballast abwerfen. Bei jedem Schritt bis in den Bauch durchatmen. Ihre ermüdeten Sinnestentakel die Ruhe der Natur aufspüren lassen. Sie ging gern die von alten Eichen gesäumte Herzallee entlang, hinaus zu den Viehweiden und weiter in den Wald - Seelenwanderung, wenn beruflicher Stress ihre Energien zu fressen drohte. Schutzschirm ihrer oft komplizierten Gedankenwelt.

Stattdessen wurde es ein Bummelausflug entlang der Herzallee mit den unbebauten Grundstücken auf der anderen Straßenseite.

Agnes legte vor jeder Hausnummer eine Betrachtungspause ein.

„Diese Leute da", bemerkte sie, kaum dass sie das Nachbarhaus erreicht hatten, „die zeigen sich nicht gern." Sie blickte Johanna kurz an. „Nun habe ich Ihren Namen vergessen."

„Johanna."

„Ach ja." Dann deutete sie auf den Vorgarten. „Der Strauch da, ist das Rhododendron? Und da, die Lorbeerkirschen, die bedecken alle unteren Fenster. Die Leute lassen sich nicht gern in den Kochtopf spucken."

Johanna zog erheitert einen Mundwinkel hoch. „Da wohnen Elsners, ein älteres Ehepaar. Stimmt, viel bekommt man nicht von ihrem Haus zu sehen, aber ich glaube, das wollen sie gar nicht anders."

Agnes bummelte zum nächsten Eingang. „Hier, die reinsten Erbsenzähler. Petunien in Reih und Glied! Die schneiden ihren Rasen mit der Fingernagelschere. Wie es wohl bei denen in der Wohnung aussieht?"

Beim nächsten Haus schüttelte sie missbilligend den Kopf. „Gucken Sie sich das an: Butzenscheiben in einem Fertighaus. Da weiß man gleich Bescheid, welche Tüpflschisser drin wohnen."

Johanna war sich nicht sicher, ob sie sich rasch verabschieden oder über Agnes' lautstarke Unverblümtheit amüsieren sollte.

Mit einem Seufzer entschied sie, nicht aufzugeben, denn etwas Außergewöhnliches an der Wesensart der Fremden machte sie neugierig.

Sie schlenderten weiter von Haus zu Haus.

Es half nichts, dass Johanna sie immer rasch zum Weitergehen animierte. Agnes kommentierte jedes Einzelne wie eine Ordnungsbeauftragte in Sachen *Unser Dorf soll schöner werden*. Mäkelte hier, der Vorgarten sei eine mit Marmormäuerchen umrandete Grabstätte. Lobte da auch die Pracht alter Obstbäume, eines hübsch gestalteten Hauseingangs. Ihre Einschätzungen gab sie mit so viel Stimmeinsatz von sich, dass Johanna ängstlich nach offenen Fenstern schielte.

Am Ende der Straße machte Johanna Halt. „Und wo ist Ihr Haus?"

„Da sind wir wohl dran vorbei." Suchend irrten Agnes' Blicke zurück, und ihre Unbekümmertheit wich leichter Unruhe.

„Wohnen Sie allein?"

„Mein Mann ist tot, ich bin Witwe. Aber ich glaube, ich muss jetzt zum Mittagessen."

„Ich begleite Sie", schlug Johanna vor. „Sie haben gesagt, wir sind dran vorbeigekommen."

Agnes hakte sich lose bei Johanna ein, die es wunderte, die Frau in ihrer Straße noch nie gesehen zu haben. Sie klapperten in umgekehrter Richtung sämtliche Hausnummern ab, hinter denen die von Agnes frech charakterisierten Hausbesitzer wohnten, diesmal wortlos.

Vor einem älteren Backsteinbau blieb Agnes stehen. „Ich weiß nicht … Da?"

Dort konnte Agnes keinesfalls zu Hause sein, ihre dänischen Nachbarn kannte Johanna bestens.

Aber von wo und wem war Agnes entlaufen?

Um das herauszufinden, bat Johanna sie zunächst in ihre Wohnung. Sie brühte Kaffee auf und stellte Tassen auf den runden Tisch mit den Korbsesseln.

In vorsichtigen Fragen versuchte sie zu ermitteln, wohin Agnes gehörte, ohne Erfolg. Sie schloss nicht aus, die Polizei zu benachrichtigen, denn offensichtlich kannte sich Agnes nicht aus im Dorf.

Ihre unschuldige Unbekümmertheit, mit der sie am Kaffeetisch Platz nahm, bestätigte den Verdacht von Verwirrtheit. Agnes strahlte wie ein beschenktes Kind über gereichte Kekse, bewunderte das Mobiliar und die kleinen Gegenstände, die herumstanden.

Dann bemerkte sie Johannas schwarzes Klavier. „Oh, darf ich?"

Sie nahm auf dem Klavierhocker Platz. Drehte die Sitzfläche weiter nach oben. Klappte den Deckel auf. Klimperte mit spitzen Fingern auf der Tastatur herum wie eine Anfängerin.

Ein paar Sekunden saß sie reglos sehr aufrecht, wobei sie scheinbar die Zimmerdecke musterte. Ihre Hände formten kleine Brücken über den Tasten, sie reckte die Finger.

Dann legte sie los.

Den Raum erfüllten die Klänge eines Präludiums von Johann Sebastian Bach. Agnes ließ mit Leichtigkeit schwierige Passagen perlen, brach jedoch mitten drin ab und sprang in eine Fuge.

Immer neue Bruchstücke klassischer Klavierstücke reihte sie aneinander, mit einem Selbstverständnis, als folge sie damit üblichen Spielregeln.

Johanna lauschte. Atemlos. Vollkommen überrascht. „Das sollte bald mal gestimmt werden", monierte Agnes zwischendurch.

Derart kunstvoll, ja wie es Johanna schien, professionell, spielte jemand, der vielleicht sogar das Klavierspiel als Beruf ausgeübt hatte. Nur die abrupten Abbrüche mit fast übergangslosen Neuansätzen anderer Stücke wiesen darauf hin, dass es in Agnes' Erinnerungsvermögen Lücken gab.

Johanna selbst spielte mäßig, und war der Klavierdeckel einmal offen, fantasierte sie vor sich hin, Harmonien und Tonfolgen suchend, die sich im selben Moment in ihrem Kopf formten, im nächsten wendeten und auflösten. Wie stümperhaft gegenüber dem, was sie nun zu hören bekam!

Agnes mochte gar nicht aufhören. Und so suchte Johanna unbemerkt in den Taschen ihrer Jacke, die über einem Stuhl hing, nach einem Hinweis auf ihre Herkunft.

Es war ein kurzer Arztbrief, den sie herausangelte.

Agnes Sellner gehörte ins Haus „Marabu" in der parallel zur Herzallee verlaufenden Hauptstraße. Dort existierte ein privat geführtes Seniorenwohnheim, in dem eine Handvoll alter Menschen betreut wurde. Johanna hatte die kleine Privatvilla, an deren Fassade weiß auf rotem Grund „Haus Marabu" zu lesen war, bisher nur flüchtig beachtet.

Nachdem der letzte Ton verklungen war, spendete sie begeistert Beifall.

„Sie sind von Beruf Pianistin?"

„Lange her." Statt ausführlich Antwort zu geben, wollte Agnes wissen, wie spät es sei. „Ich glaube, ich muss jetzt mal los."

Also begann die Wanderung durch die Herzallee von neuem. Johanna begleitete Agnes ganz zurück zum Haus Marabu.

„Soll ich Sie morgen abholen, und wir gehen wieder spazieren?"

Agnes lächelte. „Aber natürlich."

Von der offenen Tür her winkte eine junge Frau. „Frau Sellner, ich wollte mich gerade auf die Suche nach Ihnen machen. Sie müssen doch Bescheid sagen, wenn Sie das Haus verlassen. Ihre Klavierschülerin wartet schon auf Sie." Sie wandte sich an Johanna. „Wo haben Sie Frau Sellner denn aufgelesen?"

„In der Herzallee, nicht weit von hier. Wir haben uns sehr gut unterhalten."

Johanna verriet nichts von Agnes' Besuch in ihrer Wohnung und nahm sich vor, mit ihr öfter durch die Natur zu spazieren oder die freche Vorgartenrunde zu machen.

Im Stillen aber wünschte sie sich, ihrem Klavierspiel lauschen zu dürfen. Denn diese unvorhergesehene Bekanntschaft war für sie auf überraschend beglückende Weise eine Bereicherung geworden. Vielleicht konnte sie ebenfalls Unterricht bei ihr nehmen?

Johanna reichte ihr zum Abschied die Hand.

Agnes blickte sie freundlich an. „Wohnen Sie auch hier in dieser Straße?"

„Nein, in der Herzallee. Ganz in Ihrer Nähe."

Nachdenklich schlenderte Johanna zurück zu ihren Blumentöpfen.

Wie war es möglich, dass Agnes derart schwierige musikalische Zusammenhänge ohne Noten vor Augen im Kopf behalten, Fragmente aus anderen Stücken direkt und sinnvoll andocken lassen konnte, wo ihr ein fehlendes Teilstück gerade nicht einfiel?

Irgendwann hatte Johanna gelesen, dass an Demenz Erkrankte sich an ganze Lieder mit Texten und Melodien aus früheren Zeiten erinnern und von Anfang bis Ende fehlerfrei singen können. Und dass genau dieses Wiedererinnern geschädigte Gehirnareale teilweise neu beleben kann.

Hoffentlich war das bei Pianistinnen auch so.

Nach ihrer unerwarteten Begegnung wurde Johanna bewusst, dass sie in wenigen Jahren etwa so alt sein würde wie Agnes. Johannas Kopf war in Ordnung. Doch wie schnell konnte sich das Leben etwas Unvorhergesehenes ausdenken …

Zu Hause wollte sie als erstes den Klavierstimmer anrufen.

Aribert

Dort drüben saß er.

Ich erblickte ihn auf der anderen Straßenseite frühmorgens beim Öffnen meines Fensters. Trotz buntblumig gemusterter, weiter Stoffhosen erkannte ich einen jungen maskulinen Menschen, in der Hocke durch die gespreizten Knie auf das Regenrinnsal am Bordstein starrend wie ein Forscher, der eine bislang nicht für möglich gehaltene Wurmspezies entdeckt. Seine herab stechende Nase schien ein Fundstück aufspießen zu wollen, doch die Spitze seines Riechorgans war etwas zu rund geraten - -

Oh Hilfe, ich bringe es nicht, dieses winzige Szenarium mit einfachen Worten zu beschreiben! Genau das aber wird als Seminar-Hausarbeit von mir gefordert: das Darlegen einer lediglich kleinen situativen Beobachtung, die im Gedächtnis haften geblieben sei, ein Kurzbild der Erinnerung, nichts hoch bedeutsam Exemplarisches.

Verflixt, wie war das noch mal …

Nach dem Fensterblick auf den Rinnsteinhocker endete meine Beobachtung, denn ich wandte mich von ihm ab, und als ich später das Haus verließ, war er weg. Dennoch, etwas reizvoll Unbestimmtes hat mir sein Bild langzeitig verinnerlicht.

Lass mich überlegen. War das wirklich so, saß da dieser Jugendliche trotz Regens in einer weiten, faltenwürfigen …

Faltenwürfig. Gibt es dieses Wort überhaupt? Ich schlage im Duden nach.

Faltblock … faltenlos … Faltenrock … Falter …

Hab ich mir gedacht, ist meiner Fantasie entsprungen.

Meine Sofortnamengebungsintuition (dieses Wort steht garantiert auch nicht im Duden) gab mir ein, dass es sich um einen Jungen namens *Aribert* handelte.

Aribert?

Wie kam ich auf *diesen* Namen? Hatte ich ihn irgendwo aufgeschnappt? War er einer der Fußballkickerjungs aus der Siedlung

Saarstraße? Der Flüchtlinge? Oder sagt man Geflüchteten … Geflohenen … Vertriebenen …
Woher kamen die?
Nein, nicht *die*. Woher kamen *sie*, diese Gestrandeten. Habe ich darüber schon mal nachgedacht?
Und jetzt frage ich mich, ob ich *Aribert* und sein regengestraftes Dahocken überhaupt real wahrgenommen habe.
Doch. Eindeutig. Es gibt ein klares Erinnerungsbild.
Warum überhaupt glaube ich zu wissen, dass der Name des Faltenwürfigen *Aribert* ist, und woher kommt dieses plötzliche Déjà-vu, ihn sogar früher gekannt zu haben, ihm zumindest schon begegnet zu sein?
Zu viele Überlegungen für meine Hausaufgabe. Ich sollte ein anderes Kurzbild wählen.

Option Nummer zwei. Das morgendliche Weckerklingeln um halb sieben mit den ersten Sekunden danach. Dieses grau muffige Gefühl, gar nicht *ich* sei gemeint. Wecker macht Krach, zuerst drei geheuchelte Elektronikpiepser … kleine Pause, während der mein Bewusstsein in den beginnenden Tag zu schlüpfen sucht. Voller Ablehnung, versteht sich, ohne jedes persönliche Vetorecht. Mein schlaftrunkenes Ignorieren des Aufrufs, der keinem anderen Zweck dient, als harmlos Träumende ins kalte Leben zu katapultieren. Dann erst, wenn der Wecker hektischere Stakkato-Signale piept, meine unwillig zurückgeschlagene Bettdecke. Mühsames Rauswälzen aus der Wärme und die ersten Worte an diesem Morgen: *Wecker gehören ermordet!*
Taugt dieses Bild besser für meine Hausaufgabe?
Ich bezweifle es, zumal ich die Notwendigkeit meines Frühaufstehens nicht leiden und somit nicht ohne Abneigung würde beschreiben können. Obwohl andererseits die tagesfrische Erinnerung für meine Hausaufgabe durchaus vorteilhaft sein könnte.
Bevor ich mich endgültig entscheide, sollte ich mich erst mal mit der schlichten Dankbarkeit begnügen, ein eigenes, molliges Bett

zu besitzen und nicht schon morgens um halb sieben im Rinnstein hocken zu müssen.

Ob der Faltenwürfige heute früh wieder draußen sitzt, bevor ein Schulbus ihn nassspritzt?
Ach, tatsächlich … es regnet wieder.
Natürlich hockt er nicht dort, was habe ich erwartet. Und wie komme ich dazu, überhaupt was zu erwarten. Doch ein klitzekleiner Stich ins Herz sagt mir: Auch wenn du nicht deuten kannst, warum – du bist minimal frustriert. Das Wenige, das du in dieser Miniszene von ihm zu sehen bekommen hattest, fandest du, sag es ehrlich: interessant. Irgendwie sogar malerisch.
Na ja, das nun auch nicht gerade. Du fandest dieses Nasenwesen, als es einmal kurz sein Gesicht erhob und sich in seiner kompletten Symmetrie zeigte, umgeben von einem wilden, dunklen Haarkranz – schön. Und sag's noch ehrlicher: soweit du es erkennen konntest, prädestiniert zum Verlieben.

Drüben beginnt der alltägliche Morgen mit seiner morgendlichen Alltäglichkeit und den Schulkindern, welche die letzten 435 Meter allein zum Schulhaus gehen dürfen. *Sollen.* So hat es sich die Schulleitung ausbedungen.
Saß Aribert jemals dort, wenn Schulkinder an ihm vorbeigingen? Hatte ihn jemals jemand außer mir wahrgenommen?
Schon klar, ich tendiere doch mehr zu *diesem* kleinen Beobachtungserlebnis, trotz nicht mehr absolut sicherer Wahrhaftigkeit. Egal, für eine gute Note kann ich es mir ja einfach passend zurecht denken. Und von wegen Erlebnis … Meine Fantasie hätte ein Erlebnis aus dieser Kurzszene gestalten können, aber das ist nicht die Aufgabenstellung.
Ich soll, wir, die Teilnehmer und Teilnehmerinnen des Seminars, das sprachliche Kunststück vollbringen, eine Begebenheit komprimiert darzustellen, gepixelt wie ein Foto, nur halt mit Worten. Würde ich machen. Dem steht jedoch mittlerweile ein Hindernis im Weg: Ich wünsche mir und denke sie bereits eine Fort-

setzung dieser Begebenheit. Längst polstert mir diese noch nicht stattgefundene Fortsetzung die gewünschte Beobachtungskürze auf, und damit hätte ich meine Chance auf ein gutes Ergebnis verspielt.

Aribert, der du vielleicht Leon oder Kevin, Oliver, Machmeth, Kemal, Charly heißt. Wo bist du geblieben? Habe ich dich richtig einsortiert in die Reihen der Jungs aus der Siedlung Saarstraße? Dort werde ich dich kennenlernen und dein Schicksal erfahren!

Noch etwas lässt mir keine Ruhe: Wo glaube ich ihm früher schon begegnet zu sein und warum hat er genau gegenüber meinem Haus auf der anderen Straßenseite im Rinnstein gesessen? Dieses Bild könnte bald verblassen. Also muss ich dranbleiben.

Da ich früh um halb sieben aufstehen muss und nach überwundenem Unwillen doch ganz gern in den beginnenden Morgen schaue, traue ich diesmal meinen Augen nicht: Da! Er sitzt wieder dort. Selbes Outfit, Rinnstein, rauchend, regennass. Neben sich eine Mappe oder Tasche.

Nun schnippt er die kurz gerauchte Kippe in den extra neben seine Füße gebauten Gulli.

Hallo-ho, Verunreinigung des Kanalwassers! Diesmal sehe ich sein Gesicht im Profil, er hält nach jemandem Ausschau.

Mir dämmert: Nicht ihn kenne ich, sondern einen ehemaligen Klassenkameraden, der ihm ähnelt, beziehungsweise es genau dieser sein könnte, nur ein Jahrzehnt älter.

Im Nu bin ich in meinen Kleidern, ungewaschen, ganz egal.

Ich überquere die Straße, eine ruhige, in der Berufstätige nach einem Schnellfrühstück ihre Autos aus den Garagen steuern und sonst nur der Schulbus verkehrt. Noch wirkt sie verschlafen, nur ab und zu nähert sich ein PKW, fährt vorüber, bis sein Motorgeräusch hinter der nächsten Ecke verstummt.

Aribert oder Kemal oder Werauchimmer wippt ungeduldig mit den Knien, während ich hinüber gehe und vor ihm Halt mache.

„Entschuldige – wartest du auf jemanden?"

„Auf dich!" Er lacht. „Auf meinen Abholer."

„Machst du das jeden Tag?"

„Montags. Wieso?"

„Ist etwas ungewöhnlich, dass jemand um halb sieben da so sitzt wie du."

Er zuckt mit den Achseln.

„Bist du Aribert? Aribert aus der 8 b in Bürgelsheim? Ich meine, ist ein paar Jahre her."

„Aribert? Wie kommst du darauf."

Ein gelber VW nähert sich, der junge Mann erhebt sich rasch, wobei seine durchnässte Hose faltenwürfig an seinen Waden kleben bleibt.

„Na endlich. Lässt mich bei dem Sauwetter warten, echt!"

Zurück in meiner Wohnung, packe ich in meine Tasche den ersten Entwurf meiner Hausaufgabe.

Minimal erregt denke ich an nächsten Montag. Dann stelle ich den Wecker auf halb sechs.

Irma singt

In Pellgard, einer in sanfte Hügel gebetteten Dorfgemeinde, gibt es genug Leute, die sich an Irma Broomborg erinnern. Von dieser Frau ist bei allen möglichen Gelegenheiten die Rede, und ich bin neugierig geworden, mehr über sie zu erfahren.

Vor einem halben Jahr hat mir das Schulpräsidium als neuen Wirkungskreis diesen Ort zugewiesen, und zum Glück konnte ich sofort eins der kleinen Reihenhäuser in der Wieshofgasse mieten. Wen es interessiert: Ich heiße Heidi Bleck, bin 29, ohne Hund, Katze, Kind, Partner. Jedenfalls noch nicht angekommen in irgendeiner familiären Konstante meines Lebens.

Gut so, ich möchte kaum alt werden in diesem Nest mit nicht viel mehr als Kirche, Kindergarten, Schuhfabrik, Schule, Schrebergärten, zwei Bauerngehöften sowie vier Hochhäusern eines Wohnparks. Nicht zu vergessen, dem Gasthaus *Mooren*.

Den architektonischen Stolz der Gemeinde, dieses Quartett sechsgeschossiger Betonklötze, betrachte ich als Beleidigung ländlichen Dorfgefüges. Krönung baulicher Stillosigkeit bildet ein zwischen die hohen Häuser gequetschtes Einkaufszentrum.

Zwei Ecken weiter steht ein immerhin schmucker Backsteinaltbau, an dessen Fassade man lesen kann: Elementarschule. Dort unterrichte ich so ziemlich alle Grundschulfächer, und ich finde, es ist kein schlechter Job.

Aber ich wollte von Irma Broomborg erzählen.

Fakt ist, dass ihr eines Tages die schicksalhafte Begegnung mit einer Nähmaschine widerfuhr. Bis zu diesem Ereignis war auch sonst allerhand Bemerkenswertes über sie in Umlauf, vor allem unter den Gästen des Gasthauses, in dem ich manchmal zum Mittagstisch einkehre. Worüber sich Einheimische über ihre Teller hinweg die Mäuler zerreißen, finde ich aufschlussreicher als jede Regionalgazette.

Aus den Informationen, die ich durch Spitzen meiner Ohren im *Mooren* zusammentragen konnte, sowie einem Zeitungsbericht mit dem Foto eines barackenähnlichen Holzgebäudes, vor dem eine korpulente Frau hinter einer Tretnähmaschine sitzt, ergibt sich für mich ein eindrucksvolles, wenn auch rätselhaftes Bild dieser Irma.

Das erwähnte langgestreckte Holzhaus dockt am östlichsten Gebäude des Hochhausblocks an und diente zuerst als Geräte- und Materialschuppen für die jeweiligen Hausmeister. Er wurde ausgebaut, und später zog Frau Broomborg darin alleinerziehend ihren dreiköpfigen Nachwuchs groß.

Nachdem sich sämtliche Kinder ins eigenverantwortliche Gesellschaftsleben verabschiedet hatten, arrangierte sich Irma klaglos mit ihrem Singledasein.

Den Pellgardern galt sie als Original, das immer schon irgendwie da- und nicht wegzudenken gewesen war, zumal sie, rund wie ein Ballon und stolz wie eine Königin, farbenfroh wehende Gewänder durch die Straßen trug, wobei sie stets lautstark sang.

Aufgewachsen war Irma Broomborg zweihundert Kilometer entfernt auf dem elterlichen Anwesen, einem landwirtschaftlichen Familienbetrieb.

Mit neunzehn Jahren hatte sie heiraten *müssen*, denn der Franz Broomborg hatte ihr nach dem Tanz in der Tenne ohne Umschweife gezeigt, wo es lang geht. Was ihre erste Schwangerschaft und die Geburt einer Tochter zur Folge hatte.

Kein Jahr darauf gebar sie einen Sohn.

Franz erwies sich als zupackende Arbeitskraft, und der Vater, sollte er selbst einmal seinen Ruhestand antreten, baute ihn auf als Nachfolger, der den Hofbetrieb in seinem Sinne würde weiterführen können. Selbstverständlich setzte er für Irma dieselbe Laufbahn voraus.

Sollte sie dafür ihre Zukunftsträume aufgeben?

Niemals! Irma sammelte mit Begeisterung Schallplatten klassischer Opernwerke, und das Singen ihres mittlerweile beachtlichen Arien-Repertoires war nicht nur Hobby, sondern galt ihr als Passion!

Womit sie immer wieder den heiligen Zorn der Eltern schürte. Die hielten die Tochter für meschugge, abgehoben, restlos durchgeknallt. Sang die doch im Stall mit Hühnern, Schweinen, Kühen und allem sonstigen Viehzeug!

Mit einem Paukenschlag sorgte Irma eines Tages für reinen Tisch. Breitbeinig posierte sie im Hof und schmetterte, der furiosen Königin der Nacht ebenbürtig: „Der Hölle Rache kocht in meinem Herzen, Wut und Verzweiflung flammen um mich her! Die Bauernmagd könnt ihr euch in den Hintern stecken, ich werde Sängerin, basta!"

Der animalische Opernchor aufgeschreckter Hühner, Gänse, Schweine wollte nicht enden, bis der Hofherr donnerte: „Nur zu! Sängen kannst du die gerupften Gänse!"

Die Mutter legte noch eins drauf: „Was ist mit deiner Tochter und dem Bastard, den wir mit durchgefüttert haben? Die kriegen wir dann wohl geschenkt! Schlag dir deine Hirngespinste aus dem Kopf. Sei dankbar, dass dich der Franz genommen hat und ihr hier eine Bleibe habt. Und jetzt an die Arbeit."

Mit dreiundzwanzig hatte Irma endgültig die Nase voll von jeglicher Bevormundung und scherte unerwartet aus den elterlichen Zukunftsplanungen aus.

Das traf sich insofern günstig, als sich auch Franz nach der Geburt des zweiten Kindes klammheimlich von seiner Rolle als Ehemann und Familienvater verabschiedet und das Weite gesucht hatte. Denn längst hatte er nachgerechnet, dass eigentlich nur eins zur von ihm gezeugten Brut gehören konnte.

Das zweite hatte Irma, nun ja, irgendwie aus Versehen dazu bekommen. Dessen wahren Erzeuger, das gelobte sie, würde sie verschweigen bis ins Grab und musste dafür Verachtung, Schimpf und Schmach über sich ergehen lassen.

Sacht begann sich die Dunkelheit zu verabschieden in der Ostseebucht, als Irma mit zwei stillen, ängstlichen Klammeräffchen im Arm die glitschigen Bordplanken eines Fischkutters erklomm. Denn in jener Nacht ergriff sie mit ihrem kleinen Jungen und dem Mädchen die Flucht.

Sie hatte einen Fischer bestochen, sie in seinem Boot mitzunehmen, die Küste entlang gen Dänemark. Über den Wasserweg hoffte Irma ihre familiäre Spur zu verwischen.

Dass Fischerei bei nahezu jedem Wetter unter freiem Himmel stattfindet, auch bei Sturmgetöse und hohem Wellengang, erfuhr Irma von Karl, dem Besitzer des Kutters. Aber die See war ruhig, als sie nun ihr bisheriges Leben hinter sich ließ, umgeben von schwarzem Wasser, unter dem Netze mitfuhren und sich mit Fang füllten.

Karl war nicht sehr alt, jedoch zu alt, um berufsmäßig täglich in See zu stechen, so wie früher, als er mitunter die ganze Woche, Hering im Frühjahr, im Herbst die Plattfische, einzuholen hatte. Er tat es nur noch gelegentlich, wenn ihn sein Kahn gar nicht loslassen wollte.

Das sachte Schiffgeschaukel machte die Kinder schläfrig. Irma wickelte sie in eine Decke und bettete sie bald auf das erste einholte Netz voller Heringe.

Karl schwelgte in Erinnerungen. Redete und redete, erklärte und erklärte. Wie gut er sich als Fischer da draußen in der Nautik auskennen musste, auch wenn heutzutage moderne Satellitennavigation, Radar und Funkgeräte halfen, ein Schiff sicher hinaus und wieder zurück zu bringen. Über Wetterbedingungen musste er gut Bescheid wissen, natürlich schon vorm Ablegen den Himmel genauestens beobachten und die Sternbilder deuten.

Irma hörte zu, während die hellen Himmelspunkte über ihnen verblassten, im Fahrtwind beinahe zu verwehen schienen.

Als das erste Morgenrot den Horizont erklomm, hielt Irma Ausschau nach Seehundbänken. Aber es war etwas anderes, das ihr ins Auge sprang: die schwarze Ufersilhouette eines Kirchturms.

Dort legte der Fischkutter an einem fremden Pier an.

Sanft gewiegt im schaukelnden Schiff und weich gebettet auf dem Fischfang schliefen die Kinder weiter, während auch Irma noch ein Weilchen schaukelte. Diesmal als Bezahlung an ihren Fluchthelfer.

Wodurch sie, was sie nicht ahnte, Nachwuchs Nummer drei mit ins neue Leben nahm.

So also landete Irma Broomborg in Pellgard.

Sie hatte Glück, mit ihrer Kinderriege in erwähnter Holzbaracke unterzukommen, und erzog sie zu anständigen Menschen, die sie unbesorgt in die Freiheit eigener Wege entlassen konnte.

Danach baute sich Irma im Holzhaus ihr kleines individuelles Universum auf, half hier und dort gegen einen geringen Obolus in einem Nachbargarten oder beim Kinderhüten. Und fast wäre sie mit ihrem Schicksal im Reinen gewesen, hätte sie ihren Traum von Bühnenauftritten, Rundfunk- und Plattenaufnahmen nicht weiterhin realisieren wollen.

Manch Vorübergehender konnte hinter ihrer Fenstergardine ein seltsames Schattenspiel beobachten. Abends, wenn sie singend in die Fußstapfen ihrer Illusionen zu steigen suchte, probierte sie vor dem Spiegel Posen aus, die sie später als Operndiva einnehmen würde. Unbestritten hatte ihr die Natur eine außergewöhnlich schöne, klare Stimme geschenkt, die mit Leichtigkeit über drei Oktaven reichte.

Irma Broomborg galt den Ortsansässigen mit ihren bei offenem Fenster geschmetterten Koleraturen als kuriose Nachtigall, wenngleich ihr Tremolo mit den Jahren eher einem ausgeleierten Gummiband ähnelte.

Das störte sie nicht. Die Pellgarder ebenso wenig. Man mochte sie, wenn sie ihre Pfunde selbstbewusst durch die Straßen schwappen ließ und dabei trällerte, dass sämtliche Vögel das Weite suchten.

Letztendlich blieb Irma im Wünschen und Hoffen stecken, sang, wann und wo es ihr gerade einfiel. Und niemand kam auf den Gedanken, es könnte sich eines Tages daran etwas ändern.

Unerwartet spielte ihr eine glückliche Fügung einen zweiten Lebensinhalt zu, der ihre sangesfreudigen Zukunftsträume ablöste, und das war die Geschichte mit erwähnter Nähmaschine.

Es gibt in Pellgard die Schneiderwerkstatt des Herrn Momfiss. Das heißt, es gibt sie nicht mehr dort, wo Irma die Begegnung mit einer Nähmaschine widerfuhr. Wiedereröffnet wurde sie zwischen anderen kleinen Geschäften in der Nähe des Supermarkts.

Am Tag der Geschäftsschließung und gleichzeitiger Umsiedlung der Schneiderei Momfiss schlenderte Irma daran vorbei. Der Umzug war in vollem Gange, in einen Kastenwagen luden alle, die zur Werkstatt gehörten, restliches Inventar.

Die Wagentüren wurden geschlossen. Herr Momfiss schloss nun auch die Eingangstür des Ladens ab und nickte Irma heiter zu. „Wünschen Sie mir Glück, Sie finden mich jetzt im Einkaufszentrum, direkt neben dem Supermarkt."

„Aber", rief Irma, „Sie haben was vergessen."

Im Schaufenster stand sie vereinsamt, die charaktervolle Dekoration des Schaufensters – eine alte Tretnähmaschine der Marke Singer. Immer hatte sie dort ihren Platz gehabt, solange Irma hier spazieren ging, und das war die lange Zeit zwischen ihren kastanienbraunen und ergrauten Haaren.

Herr Momfiss lachte. „Ich brauche sie nicht mehr. Auch wenn sie mir die ersten Jahre gute Dienste geleistet hat. Wissen Sie, ich bin etwas moderner geworden. Kommen Sie vorbei, schauen Sie bei mir rein!"

„Aber", sagte Irma wieder, „was geschieht mit der alten Maschine?"

„Ich weiß nicht. Haben Sie Interesse?"

In Irma fing ein heißer Sturm an zu brausen, zu wüten, sie schier umzuwerfen. Und ob sie Interesse daran hatte. Sie würde gleich loslegen und treten, treten, es gab so viel auszubessern in ihrem mürben Haushalt!

„Ja, schon", sagte sie schüchtern. „Wenn ich sie bezahlen könnte."

Herr Momfiss kam noch einmal auf sie zu. So standen sie beide vor der Eingangstür, und er zückte den Schlüssel. „Wenn Sie was damit anfangen können, ich schenk sie Ihnen".

„Das wär aber schön." Irma schluckte aufsteigende Freudentränen hinunter.

So kam sie zu ihrem Nähmaschinenglück.

Herr Momfiss lud die altehrwürdige Singer noch in seinen Umzugswagen und lieferte sie vor Irmas Haustür ab.

Eine neue Ära begann. Singend trat sie die Singer-Tretmaschine, reparierte und nähte ihre Stoffangelegenheiten neu. Das hatte sie zu Hause der Großmutter abgeguckt. Und da Pellgard sommerliche Temperaturen genoss, blieb die Nähmaschine vor Irmas Haustür stehen, während sie ihre Stoffe unter die Nadel schob.

Ein Heftchen über die Bedienung hatte Herr Momfiss ihr mitgegeben, und Irma studierte jedes Teil ihrer neuen Gefährtin. *Treibrad, Treibradkurbel, Zugstange, Riemenabwerfer, Kleiderschutzabdeckung, Trittrost* … Ach, die Nähmaschine mitsamt all diesen schönen Wörtern gehörte ganz allein ihr!

Die Nachricht dieser Begebenheit überflutete Pellgard wie ein Tsunami. Immer mehr Leute kamen wie rein zufällig vorbei, hörten Irma singen und die Nähmaschine rattern.

Und dann stand eines Nachmittags auch Winnie vor ihr, der kleine Sohn der Besitzerin des einzigen Frisiersalons. Er staunte und guckte, und aus seiner Kniehose guckte und staunte sein Knie.

„Gib mal her", sagte Irma. „So kannst du doch nicht rumlaufen. Hier wickle dich in den Vorhang, dann ziehst du die Hose mal eben drunter aus."

Das sprach sich herum.

Bald konnte sich Irma vor Näh- und Flickaufträgen nicht retten, denn der Schneider Momfiss war in seinem neuen Atelier sehr modern und sehr teuer geworden, sodass Irma dankbaren Zulauf bekam.

Da ihr Bezahlung geringer erschien als die Wertschätzung ihrer Hilfsbereitschaft, wurde sie oft mit Naturalien belohnt. Viele Ortsansässige kamen zu ihr, und für jeden sang sie etwas, das zu ihm passte, denn ihr Repertoire hatte sie erweitert um Lieder, die ihrer Fantasie entsprungen waren.

Glück, ja, das empfand sie.

Eines Mittags fand sie in ihrem Briefkasten ein persönlich an sie gerichtetes Schreiben.

Sehr geehrte Frau Broomborg!
Im Zuge geplanter Sanierungsarbeiten werden zwei der Hochhäuser demnächst eine Großrenovierung sowie einen Erweiterungsbau erfahren. In Anbetracht dessen steht leider der Abriss Ihrer Wohnbaracke bevor. Wir sehen uns daher gezwungen, um baldmöglichste Räumung derselben zu ersuchen. Als Ersatzunterkunft bieten wir Ihnen zwei frei werdende Souterrain-Räume in unmittelbarer Nachbarschaft der Lagerräume des Supermarkts an.
Wir freuen uns, Ihnen schnell und unbürokratisch zu einer neuen Unterkunft verhelfen zu können.
Sollten Sie Fragen haben oder Hilfe benötigen, stehen wir Ihnen selbstverständlich mit Rat und Tat zur Verfügung.

Mit freundlichen Grüßen
Die Verwaltung

Es war der Tag, an dem Irma Broomborg ihre Stimme verlor. Genau an dem Platz, an dem sie in ihrem kleinen Paradies lebte und blühte, würde ihre Bedeutung von einem Vakuum getilgt werden. Sie in ein Nichts zerstäuben. Begann es bereits, als ihr das Schriftstück aus der Hand glitt.

Langsam wickelte sie sich in einen warmen Wollschal. Schaute nach, ob alle Lichter und Herdplatten ausgeschaltet waren.

Schloss die Fenster. Hob den Holzdeckel über den Leib der Nähmaschine. Strich liebevoll darüber. Steckte den Schlüssel ins Schloss der Haustür. Ließ sie offen.

Irgendjemand berichtete, er habe einen in Stoff gehüllten Ballon zum Ende der Straße schweben sehen. Bis sich seine Spur verlor.

Die ANDERE

Bei Anbruch der Dunkelheit kauerte Maret noch immer auf ihrem Bett. Wie lange starrte sie, den Rücken gegen die Wand gelehnt, ins Leere?

Das Einzige, was sie dumpf empfand, war diese unerträgliche Minderwertigkeit ihrer Existenz, die jeden Denkansatz unbrauchbar machte. Anscheinend gelang ihr nichts, was sie anpackte, auch nur annähernd Erfolg versprechend. Nicht in der Schule. Nicht zu Hause. Überhaupt.

„Maret, du bist einfach zu nichts nütze!", hatte die Mutter sie morgens abgekanzelt, wie manches Mal in letzter Zeit. Diesmal, weil Maret das Marmeladenglas aus der Hand gerutscht und auf den Bodenfliesen zersplittert war.

Immerhin durfte sie seit ein paar Tagen die Kammer im Dachgeschoss *ihr* Reich nennen. Die darunter liegende Wohnung war für die vierköpfige Familie zu eng. Genau genommen für eine Sechzehnjährige, die sich bisher ein Zimmer mit der kleinen Schwester hatte teilen müssen.

An längeres Alleinsein musste sich Maret erst gewöhnen und lernen, die neue Erfahrung kreativ zu nutzen. Bisher war ihr das nicht gelungen, so sehr sie sich die kleine Mansardenstube auch gewünscht hatte. Hier oben ließen sie Maret jedenfalls in Ruhe, Mama, Papa, die Schwester. Sie konnte ungestört unglücklich sein über ihren unbedeutenden Stellenwert in der komplexen Welt um sie herum. Konnte ins heulende Elend verfallen, weil ausgerechnet sie so unattraktiv, unbegabt, unbeliebt war.

Akut nagte an ihr, dass ein Junge aus ihrer Klasse gelästert hatte, sie sei total antiquiert und spinnert, als es um die Themenauswahl für ein geplantes Umweltprojekt ging. Maret hatte mit nur zwei Klassenkameradinnen einer Expedition in die reale Natur statt dem Besuch einer Messe-Ausstellung für künstliche Intelligenz zugestimmt.

„Schön und gut, Maret", hatte ihr Lehrer erwidert. „Aber das menschliche Lernen und Wissen auf einen Computer zu übertragen, also einer von Menschen programmierten Maschine zu ermöglichen, autonom Fragestellungen zu beantworten und damit auch Umweltprobleme zu lösen, das ist der digitale Schlüssel zukünftiger Technologie! Definitiv auch zu unseren schulischen Lernprojekten. Und es ist außerordentlich spannend."

Das erschien Maret beunruhigend realitätsfern.

Sie hatte eingewandt: „Aber bevor man eine KI befragt, sollten wir die Herausforderungen an die Umwelt doch erst mal selber kennenlernen. Finde ich jedenfalls. Ich meine vor Ort, mit unseren eigenen Augen und Ohren. Zum Beispiel in einem landwirtschaftlichen Betrieb oder im Wald."

Die Klasse hatte sie teils spöttisch überstimmt.

Von da an hatte sie den Mund gehalten. Ihre Meinung war nichts wert, sie wurde nicht ernst genommen.

Seither war ihr Kopf mit nichts anderem gefüllt als stumpfer Bedeutungslosigkeit.

Als es draußen zunehmend dunkler wurde, knipste Maret die Stehlampe mit dem kaputten Papierschirm an.

Durch kleine Risse fielen bizarre Leuchtmuster auf das spärliche Mobiliar. Ihr schien, sie wanden sich wie Würmer und schmatzten. Der Raum war voller Wurmgeräusche.

Erst nachdem Maret das Licht schnell hintereinander an- und ausgeknipst hatte, schienen die hellen Leuchtlinien wieder still ihre Muster zu werfen.

Sie schreckte hoch, als sie eine Stimme sagen hörte: *Eigentlich wollte ich mit niemandem mein Zimmer teilen. Verstehst du, mit niemandem.*

Sie glaubte sich getäuscht zu haben, doch die Worte blieben in ihrem Ohr, als befände sich jemand in der Dachstube, der sie tatsächlich ausgesprochen hatte.

Da entdeckte Maret ein Mädchen mit weit aufgerissenen, das Lampenlicht reflektierenden Augen.

Maret starrte auf das mysteriöse Blitzen darin, zog die Knie an und legte schützend die Arme darum. Dabei fühlte sie sich ertappt wie bei etwas Unerlaubtem.

Sie wollte sich erheben, hingehen und sich beweisen, dass der kleine Spuk Täuschung war durch die Lichtmuster, die der defekte Lampenschirm verbreitete.

Doch sie brachte es nicht fertig. Das Gesicht faszinierte sie, und sie fürchtete, jede ihrer Bewegungen könnte es löschen.

Sie sahen sich also weiterhin an.

Der eindringliche Blick des Mädchens, dem sie genau gegenüber saß, wurde ihr zunehmend unheimlich, und sie zischte leise: „He du da, hau ab."

Damit konnte sie die Augenerscheinung vertreiben und sich selber zusehen, wie sie sich vom Bettrand erhob.

Maret hätte annehmen können, kurz eingenickt zu sein, geträumt zu haben. Doch es passierte von nun an öfter, viele Tage hintereinander. Das andere Mädchen erschien im Spiegel.

Nie wagte Maret, etwas zu fragen oder nah heranzugehen. Jedes Mal waren die im Widerschein der Lampe stechend wirkenden Augen der ANDEREN so hypnotisch auf sie gerichtet, dass Maret sich nicht von der Stelle bewegen konnte.

Und dann machte sie diese Entdeckung: Das Spiegelmädchen reagierte auf Fragen, die sie nicht gestellt hatte. Sie brauchte sie nur zu denken, schon antwortete die ANDERE.

„Findest du mich auch antiquiert, peinlich, spinnert? Oder warum starrst du mich an?"

Das hatte Maret nicht laut geäußert, und doch bekam sie sofort Antwort: *Genauso wenig spinnert wie mich.*

Die ANDERE war meist unbemerkt wieder anwesend, wenn Maret nicht an sie dachte, und verschwand, sobald im Haus eine Tür klappte oder sich Schritte treppauf näherten.

Es gab auch Tage, an denen erschien das Mädchen keine Minute im Spiegel. Und allmählich gestand sich Maret ein, dass sie jedes Mal enttäuschter wartete, weil ihr die Einsamkeit ohne die ANDERE den Sauerstoff zum Atmen zu nehmen schien.

Ihre Blicke begegneten sich wieder, als Maret einmal eine CD hörte, die sie mit einem Stapel anderer billig auf einem Basar erstanden hatte.

Maret vergaß die ANDERE schon nach wenigen Takten. Die Musik nahm sie mit auf eine erregende Reise. La Meer von Claude Debussy – etwas so Eindrucksvolles hatte sie zuvor nie gehört. Seine Klangbilder erzählten eine Geschichte von tobenden Wellen und deren Liebesverhältnis zum Wind, sie rissen Maret mit in die Weite eines ihr völlig unbekannten Kosmos. Gleichzeitig kam es ihr vor, als sei es eine Reise in ihr eigenes Innerstes.

Schauer leidenschaftlicher Sinnlichkeit rieselten durch ihre Nervenbahnen (gerade hatte sie gedacht, nur so könne sie ihre Gefühlserregung beschreiben). Diese Klänge vermittelten ihr so viel Übereinstimmung mit ihren eigenen Empfindungen, als erzählten sie über Maret, und Maret selbst wäre dieses unbekannte Universum, das sie gerade entdeckte.

Sie lauschte überwältigt, während ihre Augen sich mit plötzlichen Sturzbächen füllten. Diese Musik rief in ihr die Ahnung eines Lebensgefühls wach, das mit der Welt, in der sie zurechtzukommen suchte, nicht in Einklang zu bringen war.

Unbedingt jetzt, in diesem Augenblick, musste sie ausbrechen aus der Stumpfheit ihres Alltags, den sie ständig wiederkäute, bis sie daran zu ersticken drohte! Musste weg vom Gefühl ihrer angstbesetzten Bedeutungslosigkeit, musste ihr vergrabenes Selbst finden, den authentischen Kern ihrer tief verwurzelten Persönlichkeit!

Aber wie sollte sie das schaffen, wenn sie sich so hilflos fühlte, als sei sie an der Schwere ihrer Selbstzweifel längst schon verloren gegangen …

Als Maret aufsah, waren die Augen im Spiegel noch immer auf sie gerichtet.

„Sprich mit mir", bat Maret. „Ich weiß nicht weiter."

Gern. Aber ich kann dir nichts Schmeichelhaftes sagen.

„Egal, Hauptsache du redest mit mir."

Willst du es wirklich hören? Also gut: Mit dir ein Zimmer zu teilen ist echt frustrierend. Dein ewiges Selbstmitleid wegen eingebildeter Minderwer-

tigkeit! Mach was aus dir, geh aus dir raus, anstatt dich hier oben zu ver-
graben. Und hör vor allem auf zu heulen. Du hast es schließlich selbst in
der Hand, keine Niete zu sein. Gib denen, die dich verspotten, Zunder!
Steh zu dem, was du selber gut findest und glotz nicht immer auf die ande-
ren! Trau dich verdammt noch mal, die ganz einmalige Maret zu sein!
„Aber wie? Ich krieg doch sowieso gleich immer eins aufs
Dach."
Weil du es dir gefallen lässt. Ich verrate dir was: Ich bin du und du bist ich.
Wir beide zusammen sind stark. Wusstest du das?
„Du hilfst du mir, stark zu sein?"
Du bist ich und ich bin du, wie du willst. Maret und Maret. Wir ergän-
zen uns und gehören zusammen, deshalb sind wir stark. Manchmal auch
schwach, das ist legitim. Stark sein ist besser, aber du musst was dafür tun.
Fang endlich an, dich selbst zu respektieren und zu mögen! Du hast näm-
lich das Zeug dazu!

MARET und MARET … Wie sollte das gehen, das Anfangen.
Was konnte sie dafür tun, stark zu werden. Zunder geben, sich
wehren? Das musste erst mal Platz finden in Marets Gedankenwelt. Und übertragen werden in Handlung.
Sie blickte die ANDERE noch einmal an, doch die sprach nicht
mehr zu ihr. Sie ließ Maret allein.
Irritiert knipste Maret die Lampe aus, und die ANDERE war im
Dunkel des Zimmers nicht mehr zu erkennen.
Oder hatten sie sich tatsächlich beide gerade zu einer Person
vereint? Sollte sie der ANDEREN vertrauen? Waren sie ge-
meinsam stark, Maret und Maret?
Fast könnte sie es sich schon einbilden. Zumindest war es ein
ganz neuer Lichtblick, der besser leuchtete als die kaputte Lam-
pe.
Als sie diese gleich darauf noch einmal anschaltete und in den
Spiegel blickte, sah sie sich selbst. Nur sich, Maret.
Sie lächelten sich zaghaft an. Sie und ihr Ebenbild. Maret und
Maret. Zwei, die gerade anfingen, sich kennenzulernen.

Merles Rückkehr

„Hallo Mädchen, kannst du mich verstehen?"
Flüsterworte durchdringen versunkenen Ort … unbekannte
Stimme von weit her
„Du bist schon fast ganz wach."
Materie steigt auf aus nachtschwarzer Tiefe … Seele … gleitet
schwerelos über dunkle Wasserweite … glitzernde Bewegung …
Spiegel der Sterne
„Streng dich an, Merle, du hast es gleich geschafft!"
Aufwinde werfen mich in die Atmosphäre … jagen mich durch
galaktische Unendlichkeit
in die Umlaufbahn eines Planeten … Ich Io Jupitermond kreise
kreise
„Scheint doch noch nicht ganz da zu sein, Frau Jacobi."
JACOBI … ein Name durchblitzt mein Vorhandensein … lässt
mich ein Ich empfinden, das aus der Bahn trudelt … ich falle …
langsamer … lande in grau schlammiger Masse … schnappe
nach Luft … gestrandeter Fisch, der nicht schreien kann
„Ihr Mund hat gezuckt, sie stöhnt, Frau Jacobi. Sie möchte uns
was sagen. Und sehen Sie, die Augäpfel wandern hin und her.
Du bist fast wieder da, Merle!"
Wer ist das, der mich leise anspricht … ich versuche durch die
Lider zu blinzeln… irgendwo müsste ich Augen haben … finde
mich nicht zurecht in meinem Gesicht … bin ich gestorben
oder gefangen in einem Alptraum … ich will da raus
„Schau mal, Merle, du hast Besuch! Deine Mutter ist gekom-
men!"
Leuchtsignale: BESUCH … MUTTER
Mühsam quäle ich mich aus bleierner Benommenheit, strenge
mich an, einen Funken Wahrnehmung dorthin zu lenken, wo ich
meine Augen vermute. Muss sie aufkriegen, weiter, weiter.
Helligkeit schimmert durch meine Wimpern.
Wer oder was bin ich? Das weiß ich doch ganz genau, Merle

Mona Jakobi, achtzehn Jahre alt, zweiundsechzig Kilo, geboren in Hagenswalde … am … am … Schuhgröße …

Jemand klopft mit kalten Fingern in meinem Gesicht herum, nun spüre ich, wo ich Wangen habe.

Mit größter Kraftanstrengung gelingt es mir, die Augen ganz zu öffnen.

Unwirkliches Licht blendet mich, darin verschwommen das Bild eines kahlen Raumes.

Nun wird es schärfer, weiße Wände, weiße Zudecke, grün Haube und Kittel einer Pflegerin oder Ärztin, die sich über mich beugt. Ihr fragendes Lächeln über meinem Gesicht.

Neben ihr ein Blutfleck im Schnee. Nein, Mama im roten Kleid auf einem weißen Stuhl.

Irgendwas stimmt nicht, mein Kopf scheint separat von meinem Körper zu liegen. Aber vorhanden ist er, grelles Weiß sticht messerscharf hinein.

Mamas Rot schiebt sich auf das Bett, in dem ich liege.

„Merle, Kind! Gott sei Dank, endlich."

Was will sie bei mir, warum zittert sie, weint, hebt zwei Hände von der Bettdecke, küsst sie … das sind doch meine Hände.

Die Schwester zieht den Fenstervorhang zu, sperrt die Helligkeit aus.

Sofort lässt der Kopfschmerz nach.

Unruhiges Flimmern vor meinen Augen … ich fühle mich wieder eingesogen von Dämmerdunkel … versinke in waberndem Wolkendunst … kann mich nicht wehren, nicht mit Armen und Beinen rudern, die scheinen abgefallen zu sein

„Bitte nein, Merle, jetzt nicht wieder einschlafen!"

Ende meines Wolkenfalls, Mamas Stimme hat mich aufgefangen. Bin zu Hause, liege fest in meinem eigenen Bett.

„Wenn du nicht endlich aufstehst, hole ich einen kalten Waschlappen! Du musst dich beeilen, sonst kommst du zu spät zur Schule."

Mein Po rutscht langsam über die Bettkante, mit den Zehenspitzen hangle ich mich auf den Fußboden. Noch halb im

Schlaf ziehe ich Pulli, Hose und die Turnschuhe mit dem Klettverschluss an.

Jetzt weiß ich meine Schuhgröße wieder: neunundzwanzig.

Schulbrot, Ranzen, dann die Treppe runter.

„Aber pass auf, Merle. Bei Rot bleibst du stehen, bei Grün darfst du gehen. Nur an der Fußgängerampel über die Straße."

Ich gehe aus dem Haus und gebe gut acht auf Autos. Das letzte Stück renne ich, da vorn taucht das blaue Haus auf, die Montessori-Schule.

Was will Mama jetzt noch? Bis auf den Schulhof vernehme ich ihre Stimme: „Merle, mein Schatz, es wird alles wieder gut, hörst du, wir schaffen das!"

Die anderen Kinder sitzen schon auf ihren Plätzen. Ich bin zu spät dran, trotzdem muss ich zuerst meiner Lehrerin etwas auf den Schreibtisch legen. Ein Kräuterbonbon und eine kleine Feder, die ich unterwegs gefunden habe. Denn ich habe sie so lieb, dass ich sie jederzeit gegen Mama eintauschen würde.

Sie wandert von einem Tisch zum anderen. Manchmal berührt sie eins von uns Kindern. Ich rücke mit meinem Stuhl ein Stück in den engen Durchgang, damit mich ihre Streichelhand nicht verfehlt.

Da spüre ich ihre Wärme schon in meinem Nacken und durch mich durch rieseln.

Gleichzeitig habe ich das Gefühl, beobachtet zu werden. Ich drehe mich um und bekomme einen Schreck. Mama. Sie steht hinter mir und sieht mich vorwurfsvoll an.

Meine Lehrerin – warum trägt sie einen grünen Kittel und eine hässliche Haube?

„Sie brauchen nicht mehr beunruhigt zu sein, Frau Jacobi, das Schlimmste hat Merle überstanden."

Jetzt erst nehme ich wahr, dass ich gar nicht an meinem Schultisch sitze, sondern wieder im weißen Bett liege.

Mama seufzt und streicht mit den Fingerspitzen über meine Zudecke. Ihr rotes Kleid. Das erkenne ich deutlich. Ihre besorgte Miene.

Ich fange an zu begreifen: Aus irgend einem grässlichen Traum bin ich aufgewacht.

„Wie schön, Merle, nun bist du wieder ganz bei uns." Die Stimme der Schwester klingt ruhig.

„Aber so ein Schädelhirntrauma", sagt Mama fast weinerlich.

„Merle ist stark. Sie braucht jetzt nur viel Ruhe."

Die Worte schwimmen davon. Machen mich angenehm schwer, und mir wird wohlig warm.

Bunte Kolibris flattern auf.

Ich schaue ihnen zu.

Weicher Wind wiegt mich.

Ich bin müde.

*

Die fünfte Woche nach meinem Aufwachen ist um. Angeblich habe ich einen Monat verschlafen. Inzwischen kann ich wieder sprechen und schreiben. Glück gehabt, sagt die Psychologin Dr. Sägebrecht.

Ich komme auf den Geschmack: Mit dem schönen lila Kuli, den sie mir geschenkt hat, kann ich Szenen meiner Vergangenheit filmen. Das heißt, schriftlich Bilder abrufen, soweit sie bereit sind, mir allmählich wieder Zutritt zu erlauben.

Bis jetzt hält sich mein Aufschreiben in Grenzen. Ich weiß, dass ich einen Unfall hatte, irgendwo an den Bahngleisen. Aber auch nur, weil es mir erzählt wird.

Ich möchte ganz viel zu Papier bringen, um zurückzufinden in mein Leben, wie es davor war.

Will ich das wirklich? Ich habe viel vom Vorher vergessen. Und erst recht, wie es zu meinem Unfall gekommen ist. Mein Kopfverband erzählt mir nichts davon.

Beim Überlegen habe ich noch Schwierigkeiten mit der Reihenfolge. Erst muss ich eine Linie finden, Frau Dr. Sägebrechts roten Faden, wie sie es nennt. Eine Linie, auf der ich mich vorwärts und rückwärts tasten kann.

Gar nicht so einfach, denn von allen Seiten kommen mir Querlinien dazwischen. Und dann ist ja da auch noch immer ein graues Dunkel, das ich nicht deuten, geschweige denn mit Bildern füllen kann.

Ich versuche mich zu erinnern. Springe zurück auf Steine, die mir im Weg lagen. Lasse einen nach dem anderen hinter mir. Kehre manchmal um, probiere es noch einmal. Und weiß doch schon, die vor mir werden sich zu Barrikaden auftürmen.

Da muss ich unbedingt drüber weg finden. Die harte Nuss knacken, wer oder was mein Leben kompliziert gemacht hat. Ich meine, das vor dem Unfall. Denn irgendwas muss ja da gewesen sein.

Vielleicht habe ich es selber kompliziert gemacht?

Frau Dr. Sägebrecht hat mich gefragt: „Kann es sein, dass du wie ein verlorenes Schaf vor deinen Schwierigkeiten weggelaufen bist und dich in eine fremde Wildnis verirrt hast? Versuch, zurückzufinden zu einem sicheren Ausgangspunkt. Orientiere dich dabei an bestimmten Merkmalen und Besonderheiten. War da unterwegs ein schöner, blühender Baum? Ein Bach, eine wackelige Brücke? Oder ein Abgrund, der dir Angst gemacht hat? Und wo hat dann deine Angst angefangen? Wenn du an einen neutralen, ungefährlichen Standort zurückgekommen bist, geh noch einmal los. Sieh dir genau an, ob die Gegenstände deiner Angst vielleicht Attrappen sind, die sich aus dem Weg räumen oder sogar weg pusten lassen. Und wenn es zu kompliziert wird, Merle, helfe ich dir. Einverstanden?"

Ja, einverstanden. Sie ist nett und ich fasse Vertrauen zu ihr.

Aber bevor ich etwas *darüber* schreiben kann, muss ich mir selber ein paar grundlegende Fragen beantworten. Die erste ist, ob *ich* mich überhaupt verirrt habe. Sind es nicht vielleicht die Anderen, die *mich* verirrt haben? Hört sich zwar komisch an, aber ich kann wirklich nicht behaupten, dass ich aus blöder Blindheit vom normalen Weg abgekommen wäre.

Was heißt überhaupt *normaler Weg* ...

Bin ich unnormal, weil meine Augen aufmerksamer sehen, meine Ohren intensiver hören als die der meisten Menschen meiner Umgebung und ich deshalb andere Wege gehen muss als sie? Genau *das* ist anscheinend meine Krankheit, die Ärzte, Physiotherapeuten und Frau Dr. Sägebrecht ausfindig machen wollen.

Aber sind nicht die Anderen Kranke, weil sie unfähig sind, so genau zu hören und zu sehen wie ich?

Der Wahrheit auf die Spur kommen ...

Gestern habe ich Frau Dr. Sägebrecht gefragt, was WAHR-HEIT genau bedeutet.

Sie hat die Definition aus einem Lexikon vorgelesen:

Aufrichtigkeit, Authentizität, Logik der rationalen Kontrollierbarkeit, Ausschluss aller Sinnestäuschungen und Gemütsstörungen, der Träume und Fehlleistungen.

Na, Prost Mahlzeit. Alles Theorie, in die *meine* Wahrheit nicht einzuordnen ist.

Können nicht sogar mehrere individuelle Wahrheiten trotz Unterschiedlichkeit nebeneinander Gültigkeit haben?

Für mich gab es bisher zwei Wahrheiten, eine sichtbare äußere und eine unsichtbare innere. Die erste heißt Merle Jakobi, die zweite war meine innere Doppelgängerin, als deren Marionette ich mich bis zu meinem Unfall untergeordnet habe. Und ich glaube, dass jeder von uns verschiedene Wahrheiten in sich trägt, sich aber der Einfachheit halber meist nur auf eine einlässt.

Ich habe mich auf meine *beiden* Wahrheiten eingelassen, und jahrelang bin ich zwischen zwei Welten gepaddelt. Oft sind sie sehr nah nebeneinander her gegangen und wie nasse Farben ineinander zerflossen, sodass ich keine klare Grenze mehr ziehen konnte.

Von meiner unsichtbaren, meiner Schattenwelt, habe ich nun Abschied genommen, obwohl ich sie sehr vermisse. Aber mein Entschluss, aus dem Beinahe-Ende einen Anfang zu machen, steht nun mal fest.

Denn ich weiß jetzt doch schon sicher: Zu den Bahngleisen gibt es nur eine Alternative – Leben.

Heiter bis wolkig

Michaelishof

Unsere Vorfreude steigert sich mit jedem Schritt, den wir uns dem Ortsflecken Michaelishof nähern, einer versteckten Bilderbuchidylle, zusammengewürfelt aus Fachwerkhäusern und einem Bauerngehöft. Eine schmale Gasse mit Kopfsteinpflaster führt keine fünfhundert Meter von einem Dorfende zum anderen, vorbei an einer schmucken, offenen Kapelle und einem Gartenrestaurant.

In wenigen Minuten dort einzukehren, betrachten wie als Glanzpunkt unserer mehrstündigen Wanderung!

Wie vom Schlag getroffen, bleibe ich stehen, als nicht nur der kleine Turm der Kapelle hinter der Wegbiegung auftaucht, sondern ein schwatzender, sich vorwärts wälzender Menschenpulk.

„Hannes, das darf nicht wahr sein!" Zünftig verkleidete Scharen mit Proviantrucksäcken, Schirmmützen und Nordic Walking Stöcken bevölkern den Weg, einige sogar lauthals singend, um sämtliches Naturgetier zu verscheuchen.

„Sieht verdächtig nach Volkswandertag aus, Barbara. Da haben wir wohl eine Information verpasst."

„Garantiert wollen die auch zum Gasthof", schnaube ich, denn unsere ruhige Einkehroase hätten wir gern für uns allein.

Zu unserer Erleichterung biegt die Rucksackgruppe in einen Waldpfad ab, und wir erreichen unbehelligt das kleine grüne Tor zur malerischen Garteninsel.

Die wettergegerbten Tische mit den altersschwachen Sitzgelegenheiten unter betagten Trauerweiden bewahren noch immer ihre Haltung. Schon letzten Sommer waren wir berauscht von diesem versteckten Ort, dessen verkommene Anmut uns auch jetzt wieder einen verwunschenen Zauber empfinden lässt.

Das Einkehrhaus, das sich gleichzeitig als Pension anpreist, vermittelt den Eindruck, es sei auf sicherem Weg zu kompostieren. Eingepasst in brüchiges Fachwerk, scheint seine Substanz lediglich von staubig grünen Weinranken zusammengehalten.

Drei ausgetretene Steinstufen führen hinauf zur in die Jahre gekommenen Holztür, hinter der sich das geheimnisvolle Dunkel der Gaststube verbirgt.

„Wir gehen wieder rein", sagt Hannes mit Blick auf das feucht modrige Gartenmobiliar, auf dem sich keine weiteren Gäste eingefunden haben.

Ob auch der Innenraum unverändert geblieben ist?

Woran erinnern wir uns ...

Vor genau einem Jahr kletterten wir schon einmal dieses Treppchen hinauf und betraten die Schankstube. Einen Moment mussten wir damals blinzeln, bis sich unsere Augen an die dämmrige Beleuchtung gewöhnt hatten, da die Fenster von Weinlaubgirlanden zugehängt waren.

Verblüfft knuffte mich Hannes mit dem Ellenbogen. Das plundrig zusammengestückelte Mobiliar mit der abgewetzten Theke, eingehüllt in abgestandenen Küchenmief und Zigarettenqualm, erinnerte an verwegene Spelunkenfilme.

Mit der Rückseite zu uns gewandt, saß an einem altmodischen Tisch eine Frau, deren Gesäß weit mehr als die Sitzfläche ihres Stuhls einnahm. In fettigen Strähnen hing ihr ungekämmtes Haar über den Nacken. Unbeweglich wie eine Skulptur stieß sie Dampfwölkchen aus.

Ihr gegenüber, ebenso auf einem Stuhl sitzend, übernahm ein bunter Mischlingshund die Hoheit über den Tisch und fing an zu knurren, sobald ich mit Hannes näher trat. Der Hund rührte sich genauso wenig vom Fleck wie Frau Wirtin.

„Entschuldigung", sagte ich zurückhaltend. „Kriegen wir bei Ihnen einen Kaffee?"

„Kann sein." Sie drehte uns ihr Profil zu, ohne uns anzusehen.

Wir traten in ihr Blickfeld.

Eine verlebte, von Nikotin in den Gesichtszügen ergraute vielleicht Endfünfzigerin sah uns stirnrunzelnd an.

„Wie nun", hakte ich nach. „Ist doch ein Gasthaus, oder? Wir würden gern einen Kaffee trinken und eine Kleinigkeit essen, wenn es geht."

Sie zog an ihrer Zigarette. „Jetzt nicht."

„Aha", sagte ich. „Und wann?"

„In einer Stunde. Bin noch nicht soweit."

Hannes drängte: „Komm Barbara, sie will uns nicht."

„Doch doch", sagte sie. „Aber ihr seht doch, ich bin noch am Frühstücken. Mittag gibt's nicht. Kaffee kriegt ihr."

Es war bereits ein Uhr, als sie ihr Frühstück einnahm, offensichtlich Zigarette plus Kaffee.

Hannes zog die Augenbrauen hoch und wandte sich zum Gehen. „Vielen Dank. Dann können wir uns unseren Kaffee auch zu Hause machen."

„Moment." Sie versuchte ihre Speckpolster vom Stuhl zu hieven, was ihr nicht gelang. „Geht mal da rüber hintern Tresen."

„Und da?", fragte ich.

„Kaffeeautomat. Dose voll steht danebem. Tut ihr Wasser rein und Kaffee, Knopf drücken, fertig."

„Aha", entfuhr es mir wieder, und ich sah Hannes an.

„Los, komm", zischte er.

Doch ich mag nun mal schräge Typen und ebensolche Situationen. Tatsächlich, es begann mir hier zu gefallen.

„Wo gibt's Tassen?"

Sie nickte Richtung Hängeschrank über dem Tresen, und ich angelte zwei Pötte raus, die Hannes zuerst auf eventuell festgewachsene Lippenstiftspuren inspizierte. Ich ließ Wasser in die Maschine gluckern und löffelte Kaffee in den Filter.

Wir setzten uns wenig später mit den heißen Pötten zu Hund und Frau an den Tisch. Hund hörte auf zu knurren und guckte genauso dösig wie Frau Wirtin.

„Wo seid ihr her?"

„Aus Wachtberg. Draußen steht dran, das hier ist auch eine Pension?"

Sie quetschte ein „Hmh" durch die Lippen.

„Wie viele Zimmer haben Sie?"

„Kommt drauf an."

„Können wir mal bei Ihnen übernachten?"

„Aber nicht heute", wehrte sie ab.

„Nein, nein, ich dachte, später mal. Was kostet eine Übernachtung?"

„Siebzig." Sie machte eine Pause. „Pro Person."

Über diese unglaubliche Überschätzung ihres Hauskomforts musste ich in mich rein lachen. Und wurde neugierig.

„Dürfen wir uns ein Zimmer ansehen?"

„Andres Mal."

Inzwischen hatten wir den Kaffee ausgetrunken. Wir erhoben uns, und ich reichte ihr einen Zehn-Euro-Schein.

„Kann ich nicht rausgeben."

Zehn Euro fürs Kaffee selber machen?

Da ich zögerte, fügte sie hinzu: „Kaffee ist geschenkt."

Wir sahen sie angenehm überrascht an und bedankten uns.

Nun schaffte sie es, sich vom Stuhl zu erheben.

Sofort sprang auch der Hund herunter und beschnüffelte uns mit wohlwollendem Schwanzwedeln.

„Der kann euch leiden." Lächelnd sah sie in unsere Gesichter, nun viel wacher und unerwartet sympathisch.

Sie schmiss noch einmal die Kaffeemaschine an.

Wir saßen über eine Stunde mit ihr, Hund und Kaffeepötten am Tisch und erfuhren Schnurren aus dem Dorf und dass sie zu einer anderen Zeit einmal Weinkönigin gewesen war in Bacharach am Rhein.

Als wir uns verabschiedeten, reichte sie uns die Hand und fragte warmherzig: „Kommt ihr wieder mal vorbei? Würde mich freuen, war nett mit euch."

„Klar", sagte Hannes, „machen wir bestimmt."

Ich weiß, das meinte er jetzt ehrlich, und es war ganz in meinem Sinn.

So, und das wieder mal Vorbeikommen findet heute, in diesem Augenblick, statt.

Genau wie beim letzten Besuch steigen wir das Treppchen rauf, öffnen die alte knarrige Holztür und – bleiben geblendet stehen.

Die Gaststube ist von mehreren Neonröhren an der Decke grell erleuchtet. Kein Spelunkengeruch, verschwunden der urige Charme einer verrumpelten, verschlafenen Kneipe. Hier wird umgebaut, altes Flair unkenntlich gemacht.

Ich muss vor Enttäuschung die Luft anhalten.

Der Tresen wurde durch einen modernen, aalglatten Schanktisch und dazugehörige Barhocker ersetzt. Der Hund und seine Besitzerin sind nicht zu sehen, statt ihrer ein junger Mann in rotem Overall, der gerade dabei ist, schwarze Kunststoffstühle vor roten Kunststofftischen zurecht zu rücken.

Wir warten einen Moment, sehen uns um, werden nicht beachtet.

„Wo ist denn die Frau mit dem Mischlingshund?", ruft Hannes in den Raum.

Der Mann dreht sich um. „Welche Frau? Ach so, die hier früher ... keine Ahnung."

Und da erobern sie auch schon die Gaststube, zwanzig, dreißig vergnügt schnatternde Wanderer.

Wir warten, bis sie uns einen Fluchtweg freigeben.

Auf dem Steintreppchen bleiben wir einen Augenblick stehen. Der Garten hat seinen verwunschenen Zauber behalten. Wie lange noch?

Bleibt mir nur, diesen ganz besonderen Besuch bei Frau und Hund in einem Schatzkästchen der besonderen Erinnerungen zu verschließen.

Oder eine Geschichte darüber zu schreiben.

Entweder oder Oder

Er *musste* etwas tun. Es gab zwei Möglichkeiten: Entweder oder Oder.

Beide erschienen ihm nicht sonderlich erstrebenswert, aber vielleicht lohnte sich die Mühe, eine zu bevorzugen.

Zunächst wog er die Optionen sorgfältig gegeneinander ab.

Entweder er, Wothan Borggraf, schottete sich weiterhin im sicheren Maulwurfbau seines Innern ab, unbehelligt von der Außenwelt.

Oder er, Wothan Borggraf, brach radikal aus seinem inwendigen Gefängnis aus, um den Herausforderungen der Außenwelt die Stirn zu bieten.

Das Oder erschien ihm Erfolg versprechender, denn das Entweder verstand es mitunter, unvermittelt seine Qualitäten als Hoffnungskiller zu beweisen.

Stirn bieten. Aber wie. Etwas Außergewöhnliches, Verrücktes in Angriff nehmen, das er nie zuvor gewagt hätte. Vielleicht den Sprung in eine andere Identität riskieren, mit allen eventuell unvorteilhaften Konsequenzen. Nicht, um endgültig sein gesellschaftliches Geschlecht zu tauschen, er war einverstanden mit seinem eindeutig maskulinen Habitus. Er musste irgendwie irgendwas spontan ändern, um die psychische und physische Spannkraft seiner persönlichen Entschlossenheit auszuloten.

Wothan. Der Name, der seiner Körperlichkeit einen Rahmen gab. Der Gewohntes zusammenhielt und verteidigte gegen Fremdeinwirkungen. Der ihn aber auch nicht ins Freie entlassen wollte.

Also raus aus aus diesem versteckten Rückzugsort, in dem immer alles unverändert geblieben war und Schutz vor äußeren Angriffen versprach.

Nur, wie sollte das gehen. Mit fliegenden Fahnen losrasen, sich in einer Kneipe unerschrocken der nächstbesten Schönen an den Busen werfen? Mit der brachialen Wucht von Wut, Frechheit, Angeberei, Gebrüll gegen Missliebiges rebellieren? Feuer legen, wo immer ihm das Weltgeschehen auf den Sack ging?

Mitnichten. Genau genommen war es dieser Wothan Borggraf, der ihm auf den Sack ging. Der von Natur aus still war, zurückhaltend, abwartend.

Ab heute wollte er laut, aufdringlich, stressig sein, schrill, bunt, exotisch.

Traute er sich das? Wothan, der mit den Kleiderfarben Beige und Marineblau bisher gut zurechtgekommen war …

Zumindest könnte er damit einen Anfang wagen.

Er durchforstete seine Anziehsachen, in denen nicht viel zu forsten war.

Sie gaben nichts Außergewöhnliches her. So sehr er auch suchte und immer wieder anders zusammenstellte – seine Garderobe war perfekt an den Wothan im grauen Maulwurfbau angepasst, aus dem er zuvor nie hatte ausbrechen wollen, da er ihn als solchen lange nicht bemerkt hatte.

Also in den Keller.

Er hatte die Wohnung seiner verstorbenen Großmutter geerbt, und ihm fiel der alte Kleiderschrank ein, der im Winter die Sommersachen aufbewahrt hatte, im Sommer die Wintersachen.

Der Schrank war inzwischen leergeräumt, doch ein großer Koffer fristete seit Jahren unangetastet obenauf.

Wothan öffnete den Nachlass.

Nichts Männliches. Sorgfältig und mottensicher in Papierhüllen verpackte Stoffbahnen und Kleider. Alles andere als grau oder sonst einfarbig. Großmutter schien starke Farben und ausgefallene Muster geliebt zu haben.

Er schlüpfte spaßeshalber in ein weites lindgrünes Kleid mit knallig orangefarbenen Blütenornamenten. Ging ins Badezimmer, schminkte Augen und Mund, noch etwas ungeschickt, dafür aber sehr schön knallig mit Stiften, die in einer Kommodenschublade zurückgeblieben waren. Er behängte sich mit schillerndem Schmuck, setzte einen breitrandigen Damenhut auf, zog Stiefel an. Veränderte sein Äußeres, bis er glaubte, eine unübersehbare Person darzustellen.

In seiner Verwandlung gefiel er sich im Spiegel, und plötzlich wusste er, er würde den festgezurrten Ring seiner angeborenen Gehemmtheit sprengen und sich anderen Menschen genau *so* zeigen.

Wenig später schritt er, um Aufmerksamkeit buhlend, inmitten der Fußgängerzone umher, nicht schrill krähend, doch mit der Arroganz eines Rad schlagenden Pfaus.

Schließlich nahm er an einem Tisch vor einem Restaurant Platz. Bestellte Käsesahnetorte und dreimal Kaffee hintereinander.

Viel Bewegung um ihn herum. Rein raus. Raus rein.

Niemand schaute.

Nur er schaute.

Wie enttäuschend – rings um ihn Maulwürfe! Andererseits beruhigend – er wäre nicht der einzige gewesen. Sein vermeintliches Herausstechen gegen die übrige Bevölkerung fiel niemandem auf, etliche Leute trugen anscheinend sogar ihre innere Maulwurfbehausung mit sich herum und blickten kaum heraus.

Wothan nahm den Hut ab. Strich das Großmutterkleid glatt, seufzte.

Nichts Spektakuläres geschah. Niemand zeigte mit Fingern auf ihn, beschimpfte, bespuckte, verunglimpfte ihn. Niemand flüsterte ihm Schlüpfriges zu. Und schon gar nichts Nettes, Bewunderndes. Seine radikalen Ausbruchträume endeten mit dreimal Kaffee und einmal Torte für neun Euro achtzig.

Dennoch – etwas an seinem Ausflug wirkte ermutigend auf ihn.

Er hatte sich etwas bisher Undenkbares getraut!

Reichte das, um seinem grauen Maulwurfbau zu kündigen? Etwas Sinnvolleres musste er sich einfallen lassen, wenn er dem Draußen endlich mit Überzeugung die Stirn bieten wollte.

Aber darüber musste er erst mal ausgiebig nachdenken.

Er kehrte zurück zum Oder.

Oder war es das Entweder?

Die Namenlose

Gewappnet mit detektivischem Spürsinn, begebe ich mich an einem sonnigen Junitag in das Ameisengewimmel, das sich *Flohmarkt am See* nennt.

Auf Märkten voller Krimskrams und ausrangiertem Gerümpel mutiere ich, Rentnerin Lydia Ross, zur radikalen Wühlmaus. Meist will ich nichts Bestimmtes finden. Das Zufallsschnäppchen, das der Verkäufer in seinem Wert unterschätzt, ist meine Droge.

Nach erfolglosem Durchforsten etlicher Trödelaufbauten bleibt mein Blick an etwas Überraschendem haften: Über den Rand eines alten Grundig-Röhrenradios schauen mich zwei in Porzellan gefasste braune Augen an. Ein Puppenkopf mit Engelsgesicht. Umrahmt von langem Echthaar. Mit einer großen weißen Schleife als Krone.

Mein Jagdtrophäenherz befiehlt mir, augenblicklich festzustellen, ob zu diesem Kopf ein unversehrter Körper gehört.

Ein paar Herzschläge lang zögere ich, doch ich reiße mich davon los. Denn was will ich alte Schachtel mit einer Puppe. Und meine Enkelkinder lieben eh nur ihre weich genuckelten Stoffbälger.

Drei Gangecken weiter erwischt mich ein Déjà-vu: Wann und wo haben mich solche Augen schon angesehen?

Wie aus der Tiefe eines Sees taucht das Bild von Großmutters Gliederpuppe auf, deren fester Platz auf einem runden Tisch im Flur ihrer Wohnung war.

Auf dem Absatz mache ich kehrt, blitzartig infiziert mit Erinnerung an meine heimliche Verbündete, deren staunend aufgeschlagene Wimpernaugen mich beinahe menschlich ansahen. Deren Worte mich trösteten, wenn Großmutter unerbittlich warnte, ihre Puppe ja nicht anzufassen, sie sei viel zu kostbar. Umso mehr hatte ich mich danach verzehrt, sie einmal in den Arm nehmen zu dürfen!

Meine Enttäuschung könnte nicht größer sein, als mich jetzt hinter dem Radiokasten ein großer Gartenzwerg aus Plastik angrinst.

„Die alte Puppe mit dem Porzellankopf – ist sie noch da?", spreche ich den Mann am Stand beinahe heftig an.

„Hat gerade 'ne Frau gekauft."

„Ach ... Wie sah sie aus?"

„Die Frau? Weiß nicht ... hatte einen roten Haarbüschel auf dem Kopf."

„Und wo ist sie lang gegangen?"

Er deutet in die Richtung, der ich den Rücken zukehre.

Umher äugend à la Miss Marple, begebe ich mich sofort auf Spurensuche nach einem weiblichen Wesen, das ein rotes Kopfmerkmal spazieren trägt. Ich schleiche, beobachte, lauere, ermittle, wünsche mir Röntgenaugen durch die Ameisenstraßen der Schnäppchenjäger.

Da! Eine Mittelalte mit rot gefärbter Haarsträhne.

Ich verfolge sie, den Blick auf ihren mit einem Tuch bedeckten Korb geheftet.

Bis sie mich bemerkt. „Wollen Sie was von mir?"

„Entschuldigung, aber haben Sie gerade eine antike Puppe gekauft?"

Sie lupft das Tuch. „Einen Toaster, zwei Yoga-Bücher, eine Briefwaage. Möchten Sie noch was wissen?"

Peinlich, peinlich.

Wieder irren meine Augen umher. Aber womöglich ist die Puppenkäuferin längst zum Parkplatz verschwunden?

Dem Irrwitz verfallen, Großmutters Namenlose aufzuspüren, beginne ich wie blödsinnig zu traben, rempeln, stolpern.

Nachdem ich den Ausgang und alle parkenden Autos eine halbe Stunde lang observiert habe, gelange ich zur ernüchternden Erkenntnis, dass es auf Flohmärkten nur so wimmelt von Rotkopfigen *ohne* Puppen.

Die Namenlose hatte Großmutter kurz vor ihrem Tod meiner älteren Cousine Luise vermacht. Und so gern ich Großmutter mochte – mit diesem Frevel entstammte sie eindeutig einem perfiden Hexengeschlecht.

Bittere Tränen hatte ich geheult. Die Puppe gehörte *mir*! Sie war meine Verbündete, die mich mit ihren Augen verstand, deren leicht geöffneter Mund zu mir sprach.

Einen Namen besaß sie nicht, hatte nichts als ein schöner Gegenstand zu sein auf einem chromglänzenden Tisch neben der Flurgarderobe, um von Gästen bewundert zu werden. Großmutter hatte gesagt, sie sei eine Namenlose.

Das blieb sie für mich, die Namenlose, zu der ich so oft wie möglich geschlichen war, um mich mit ihr zu unterhalten.

Eines Nachts hielt ich es nicht länger aus, sie nicht berühren zu dürfen. Ich legte die angeknipste Taschenlampe neben sie. Wagte das streng Verbotene, hob sie herunter, war aber auf ihr schweres Porzellangewicht nicht gefasst. Sie stürzte aufs Parkett, es machte bösartig *Kracks*.

Steif vor Angst lauschte ich. Aber Großmutter schlief in ihrem Zimmer ruhig weiter.

Mein Herz klopfte angstvoll – was hatte so gekrackst? Mit der Taschenlampe beleuchtete ich einen etwa sechs Zentimeter langen schlingenförmigen Riss in ihrem Porzellannacken, direkt unter dem Haaransatz.

Mit allergrößter Vorsicht, auf Zehenspitzen, hob ich die Namenlose zurück auf ihren Platz.

In der nächsten Zeit straften mich quälende Gewissensbisse und die ständige Angst vor Großmutters Zornausbruch. Deshalb erfand ich immer neue Ausreden, sie nicht besuchen zu müssen.

Doch sie hatte den Schaden nie bemerkt, und das war mein Glück. Was ihre wertvolle Puppe anging, konnte Großmutter extrem hexig reagieren.

Einige Tage nach meinem Flohmarktbesuch versetzt mich eine Zeitungsnotiz in Alarmstimmung: Ausstellung antiker Künstlerpuppen im Foyer des Rathauses.
Unverzüglich mache ich mich auf den Weg.
Da stehen oder sitzen sie geschützt in Glasvitrinen mit Sicherheitsschlössern, an die vierzig hübsche Prinzessinnen und Prinzen in Kleidern und Anzügen wie vor hundert und noch viel mehr Jahren.
Allen schaue ich in die Gesichter, keine gleicht der Namenlosen.
Fast hätte ich kehrt gemacht und die Frau mit der rot gefärbten, hoch getürmten Frisur nicht bemerkt, die das Ausstellungsfoyer betritt, begleitet von einem Mann mit großem Schlüsselbund, anscheinend dem Hausmeister.
Er öffnet eine der Vitrinen. Die Rothaarige wickelt eine weitere Puppe aus einem Tuch. Sie erhält den letzten freien Ausstellungsplatz. Steht aufrecht auf kleinen Schuhen aus Leder. In hellem Rüschenkleid und Bolerojäckchen. Mit weißer Schleife im Haar. Schaut mich aus großen Wimpernaugen an.
Mein Herz will mit mir galoppieren, ich atme zweimal tief durch.
„Sagen Sie – stammt diese Puppe zufällig vom Flohmarkt am See?"
„Wieso?" Die Besitzerin mustert mich abschätzig. „Falls Sie die kaufen wollen – sie ist ein Vermögen wert."
„Glaube ich Ihnen aufs Wort,", nicke ich. „Ich würde sie aber tatsächlich gern kaufen. Nur möchte ich zuerst wissen, ob diese Puppe im Nacken einen etwa sechs Zentimeter langen Riss hat, geformt wie eine Schlinge."
„Ein Riss wie eine Schlinge? Wollen Sie mich auf den Arm nehmen? Nur zu, sehen Sie nach. Aber aus der Hand gebe ich sie nicht."
Unwillig hebt sie die Puppe noch einmal aus der Glasvitrine und hält sie so fest, als wolle ich sie ihr aus den Händen reißen.
Ich schaue ihr in die Augen und weiß, es ist keine andere als die

Namenlose. Sanft schiebe ich ihre Haare aus dem Nacken, entdecke die inzwischen von Schmutz dunkel gezeichnete, gut erkennbare Narbenschlinge.

„Sehen Sie?"

Die Rothaarige glotzt. Erst auf den Riss. Dann auf mich.

„Na und? Sie ist trotzdem sehr wertvoll."

„Wie viel haben Sie bezahlt?"

In ihrem Gesicht geht eine Veränderung vor sich – sie wittert ein ernst gemeintes Geschäft.

Der Verkaufspreis, den sie mir nennt, ist so unverschämt hoch, dass ich lachen muss. Und da mögen mir meine Eltern verzeihen, die mich zu einem aufrichtigen Menschen erzogen haben: Ich bluffe.

„Tut mir Leid, aber der Verkäufer auf dem Flohmarkt hat mir gesagt, dass es gerade mal ein Zehntel davon war. Und nun möchten Sie sicher wissen, was es mit dem Riss auf sich hat. Diese Puppe ist ein Familienerbstück von meiner Großmutter."

„Das ist ja dreist." Ihr entrüsteter Blick sucht die Zustimmung des Schlüsselmannes.

„Und der exakt beschriebene Riss – habe ich mir den ausgedacht?"

Ihre Augen verengen sich finster. „Schluss damit. Ich will sie gar nicht verkaufen."

„Wollen Sie doch", sage ich. „Denn ich biete Ihnen das Doppelte von dem, was Sie bezahlt haben."

Der Schlüsselmann gibt mit Räuspern zu verstehen, dass seine Geduld gerade auf dem Prüfstand steht.

Unterkühlt stimmt die Frau schließlich meinem Preisvorschlag zu.

Ich zahle bar.

„Bin ich froh, dass ich sie wiederhabe! Eine so unsympathische Besitzerin wie Sie hat meine Puppe nicht verdient."

Habe ich das gerade laut gesagt oder gedacht …

Egal, ich drücke die Namenlose so selig ans Herz, als sei ich noch das kleine Mädchen Lydia.

Zu Hause werde ich es sofort ausprobieren. Ich meine, das Reden mit ihr und ob sie antwortet. Und natürlich dürfen sich die Puppen meiner Enkelkinder mit ihr anfreunden. Von denen wird sie sicher einen richtigen Namen bekommen. Amanda, Lola oder Emma.

Dass die Namenlose und ich unser Geheimnis bewahren konnten, bis ich ebenfalls Großmutter geworden bin, werde ich ihnen nicht verraten. Aber ich fühle, wir sind beide stolz darauf. Wahrscheinlich entdecken meine Enkel ja selber, dass man mit ihr reden und sie Antwort geben kann. Zum Beispiel, wenn ich auch mal hexig bin.

Wut im Bauch

Bin grad aufgewacht, döse im Bett. Sonntagmorgen, kann mich auf die andre Seite drehen.

Könnte.

Merke aber, ich ärgere mich. Genau seit meinem Wachwerden. Nicht nur das. Verspüre Wut im Bauch auf irgendwen, irgendwas.

Mich soll jetzt bloß keiner anrufen! Der hätte keine Freude an mir. Womöglich klingelt einer vom Roten Kreuz, der Geldspenden sammelt. Machen die ja gern an heiligen Sonntagen. Oder Jehovas Zeugen im Doppelpack. Noch schlimmer meine Nachbarin Elma Wuttke, die mir immer ihre ausgelesenen, mit fettigen Fingern umgeblätterten Frauenzeitschriften andrehen will. Die würden eine geballte Ladung meines Ärgers zu spüren kriegen.

Noch ärgerlicher, dass ich am Abend nach vergnügtem Zusammensein mit meinen kleinen Urenkeln glücklich eingeschlafen bin und dieses Gefühl jetzt futsch ist. Ich erinnere mich, wie ich, stolze Uroma, meine Nachttischlampe ausgeknipst und die Zudecke unter mein Kinn gezogen habe. Hach diese Kinder, vier goldige Schätze. Reich beschenkt mit diesem Wohlgefühl bin ich dem Tag entrückt. Bestimmt mit Lächeln auf meinem Schlafgesicht.

Pffff ... abgrundtiefer Seufzer aus dem Bauch.

Muss versuchen, diesen sich drin ballenden Wutkloß mit heftigen Atemstößen raus zu pumpen. Zum Teufel damit! Besitzt die Unverschämtheit, sich ungefragt und völlig grundlos in mir einzunisten!

Wenn ich nur wüsste, woher dieser Anfall grimmigen Grolls gegen Unbekannt rührt. War was? Aber was? Zwischen Abend und Morgen kann es sich nur um einen Traum handeln, der mich in diese vergrätze Laune versetzt hat.

Am besten weiterschlafen und in einer Fortsetzung des mutmaßlichen Traums recherchieren. Steht mir sowieso zu, sonntags im Bett zu bleiben, solange es mir gefällt. Selbst zu bestimmen, ob oder wann ich mir ein Frühstück bereite. Bin schließlich jenseits geregelten Arbeitslebens angelangt. Darf nach Belieben meinen Ruhestand beleben oder verschlafen.

Aber aus letztem wird nichts. Jedenfalls nicht heute.

Verdammt noch mal! Träume lassen sich nicht in Serie fortsetzen.

Ich springe aus dem Bett.

Was für eine Frechheit von einem Traum, sich nicht sofort im Aufwachmodus inhaltlich zu outen! Darin muss mir doch jemand einen Strick gedreht oder mich in die Pfanne gehauen haben. Worüber sonst kann man sich die Platze ärgern, wenn man nicht angeschmiert, verleumdet, beklaut, beleidigt worden ist?

Ich mach mir erst mal einen löslichen Kaffee, dann sehe ich weiter.

Träume sind, frei nach Seelenforscher Siegmund Freud, unterdrückte Wunscherfüllungen des Unbewussten. Entspringen tiefenpsychologischen Ursachen. Nähren sich oft aus dem verborgenen Kern unbewältigter Kindheitstraumatik.

Da muss ja was Unbewusstes an meiner Seele nagen. Aber was? Für mich fällt mir in der Richtung nichts ein.

Wie dem auch sei, mein höchstwahrscheinlich geträumter Traum kann jedenfalls nicht einfach mit mir machen, was er will. Schon gar nicht, mir diese unbändige Wut anhängen.

Muss einen Grund dafür geben. Oder reimt das Gehirn Träumenden aus purer Nachtlaune neben positiven Inhalten auch gern mal fiese Quälereien zusammen?

Im Pyjama sitze ich am Küchentisch. Nippe in kleinen Schlückchen schwarzen Kaffee. Die Fühler der Synapsen in meinem Kopf tasten nach Spuren eines unliebsamen Schlaferlebnisses. Wahrscheinlich hat mir darin jemand dermaßen zugesetzt, dass ich noch immer vor Wut irgendwas an die Wand klatschen möchte.

Dass ich nicht dahinterkomme, *was* mich so ärgert, ärgert mich erst recht. Wird immer ärger, mein Ärger, das merke ich schon.

Wenn ich nicht rausfinde, wer oder was dafür verantwortlich ist, werde ich meinen Wutbauch heute bestimmt nicht mehr los.

Über wen habe ich mich wann in letzter Zeit aufgeregt …

Hah, erst gestern! Über den Moderator, wie heißt er, Gerald Glotteis. Wie der dieser jungen Britin, die so einfühlsam von ihrer Berufung als Laienpredigerin berichtet hat, über den Mund gefahren ist. Arrogant, nicht ausreden hat er sie lassen, sie mit anmaßenden Fragen in die Enge getrieben, bis sie verstummt ist. Machohaft frauenfeindlich war dieser affige Gockel. Hat auch noch gegrinst, als hätte er ein Match gewonnen!

Genau *das* hat mich geärgert. Mächtig.

Hat mich der Glotteis vielleicht auch im Traum fertig gemacht? War ich seiner Grobheit ausgesetzt wie diese bedauernswerte Laienpredigerin?

Kann mich nicht erinnern. Hätte mich außerdem ganz bestimmt nicht so verächtlich behandeln lassen, sondern zur Wehr gesetzt und meiner Wut unmissverständlich Luft gemacht. Ihn mit seinen Waffen geschlagen, denen der Erniedrigung nämlich. In aller Öffentlichkeit. Und wie!

Hilft nichts, darüber zu grübeln. Irgendwann öffnet sich hoffentlich von selber der Vorhang zu einer Szene, die mir erklärt, wieso ich heute morgen wie eine Wutbolle am Tisch sitze und sauertöpfisch meinen Kaffeepott leer schlürfe.

Ich höre von draußen zehn Glockenschläge, dann melodische Kirchturmglocken. Den Gläubigen wird der Eintritt zum Gottesdienst eingeläutet.

Schon so spät? Ich sollte duschen und mich anziehen, ist tatsächlich schon zehn.

Da plötzlich fällt es mir wie Schuppen von den Augen: Meine Wut hat was mit der Zahl Zehn zu tun.

Moment, Moment, konzentriert nach innen gucken. Zehn …

Sie fehlte! War abhanden gekommen, mir, die wichtige Zehn. Sechs Zahlen hatte ich auf dem Lotterieschein angekreuzt. Fast ein Volltreffer, sagte die Frau am Lottoschalter. Nur dumm, gerade ist eine raus gesprungen. Sehen Sie, die hat ein Loch hinterlassen. Pech, wenn es ausgerechnet die Zehn war. Aber Ihr Lottoschein ist jetzt ja sowieso ungültig.

Ich suchte wie eine Verrückte den Boden ab. Da lag sie. Die Zehn. Meine absolute Volltreffer-Zehn. Das war bestimmt bösartige Absicht. So ein Biest!!!

Habe sie unter wüsten Beschimpfungen zertrampelt. Mit demselben Zorn, der die ganze Zeit in meinem Bauch brodelt.

Ich fass es nicht – ich war wütend auf eine Zahl, die Zehn! Glucksendes Lachen steigt mir in die Kehle. Himmel nochmal, wie absurd kann man träumen!

Kaffee ist alle, ich geh erst mal duschen.

Der Wutklops in meiner Magengrube beginnt sich spürbar aufzulösen. Von mir aus kann jetzt jemand anrufen oder an der Haustür klingeln. Ich würde Milde walten lassen.

Eins steht jedenfalls fest: Sollte ich wirklich mal Lotto spielen, kann mir die Zehn aber so was von gestohlen bleiben!

Norma will raus

Ihr fällt auf, dass es in letzter Zeit nachgelassen hat. Sie hatte es auch schon so über! Ihr wird manchmal fast übel, wenn sie so angeglotzt wird.

Nein, nicht von Männern auf ihren nackten Bauchnabel. Fast immer von Frauen. Junge, alte, mitunter auch unappetitliche. Die popeln direkt vor Norma in der Nase oder pulen sich in den Zähnen!

Die meisten schielen zuerst auf die Schilder, die Auskunft über den Preis geben. Nicht über den ihrer Person, sondern der Kleidung, die Norma trägt. Danach muss sie sich diese taxierenden Blicke von Kopf bis Fuß gefallen lassen. Nicht immer anerkennende.

Neuerdings aber scheint Norma kaum noch zu existieren, was ihr genauso wenig gefällt. Jetzt gegen Sommerende hofft sie inbrünstig, sie werde bald in attraktiverem Outfit zu neuer Daseinsqualität finden dürfen.

Liegt es an den dicken Prozent-Symbolen auf der Glasscheibe, dass nichts davon passiert? Könnte wohl sein, die genormten Normas rechts und links tragen auch noch diese leichten Fummelchen.

Wenn sich nicht bald etwas an ihrem trostlosen Stillstehen ändert, muss Norma raus aus ihrem Glaskasten. Schon eine Ewigkeit steht sie sich halb nackt und fröstelnd die Beine in den Bauch!

Und was hat die Ladenchefin gestern hinter ihrem Rücken geäußert? Alle Normas trügen restliche Rausschmissware, bevor umdekoriert werde.

Sie, die Norma mit der gertenschlanken Statur, ausdrucksstarkem Gesicht, schwarz geschminkten Lippen und laszivem Augenaufschlag, den sie nicht durch eigenen Willen zu ändern vermag, trägt letzte Fetzen Rausschmiss-Sommermode? Einfach unwürdig!

Sie hat die Nase voll, zu Unbeweglichkeit verdammt und mit Sommerschlussverkaufs-Preisetiketten am Balg ihre Tage zu fristen. Welch stillose Zumutung! Nach so langer Zeit in ein und derselben Sparbekleidung schaut doch eh keiner mehr zu ihr rein.

Da, wieder ein Beweis. Diesmal ein Mannsbild. Struppiges Haar fällt ihm ins Gesicht, als er leicht vornüber gebeugt in seiner Hosentasche wühlt. Hinters Ohr geklemmt, trägt er Zigarette.

Ach so, der grabbelt ein Feuerzeug raus. Sein Interesse gilt natürlich keineswegs Norma, sondern dem Windschutz.

Jetzt hat er es geschafft, den Glimmstängel zum Glühen zu bringen. Ohne Norma eines Blickes zu würdigen, entspannt er beim ersten Kippenzug seine Gesichtsmuskeln, dreht sich weg und latscht weiter.

Klar, zu sehen gibt es immer was vor der Scheibe auf dem Gehweg. Was sich da alles bewegt!

Soeben taucht die in dunkle Gewänder gehüllte Schöne auf, mit Schmuck behangen und lila gefärbtem Haar. Norma kennt sie schon lange. Sie weiß, die Schwarze wird ihre Schritte vors Schaufenster lenken, denn darin sucht sie ihre Schönheit zu spiegeln.

Kurz nach Geschäftsschluss schreckt ein Regenschauer Menschen mit und ohne Schirm auf. Minikaskaden perlen schräg an der Scheibe herab. Bald füllt die Straße trübgraue Leere.

Nur ein wasserdurchtränkter Mopp stromert direkt auf Norma zu.

He nein, du Köter, nicht hier! Logisch, er hebt genau hier sein Bein. Norma fühlt sich hündisch angepinkelt. Scheint Regen nicht zu mögen, affenkrumm zieht er Kopf und Schwanz ein und tappt wetterbeleidigt weg.

Haaach ... Norma stößt einen Seufzer aus.

Was war das gerade?

Tatsächlich, sie hat ihren eigenen Seufzer vernommen und schickt einen zweiten durch ihre Lippen, um sicherzustellen, dass sie sich nicht getäuscht hat. Vermag sie womöglich ihren Mund zu bewegen? Was sie denkt, auszusprechen?

Ich sage jetzt etwas ganz laut, sagt sie ganz laut, und es ist wirklich ganz laut, sodass sie es eindeutig mit ihren Ohren vernimmt.

Kann sie eventuell auch ihre versteiften Schaufensterpuppenglieder bewegen?

So was! Das funktioniert, wenn auch ein wenig knarrend und ungelenk.

Phänomenal, wendet sie sich zu den Nachbar-Normas, die dösig weiter vor sich hin starren. So wie Puppen eben und Norma zuvor ja auch.

Zu ihrer Überraschung gelingt es ihr, vom Ausstellungssockel herunterzusteigen.

Grenzenlose Möglichkeiten stehen ihr offen! Sie wird sich als echte Menschin herausputzen. Wozu befindet sie sich in einem Damenoberbekleidungsgeschäft mit der größten Auswahl, die sie sich wünschen kann?

Hm. Gerade das gestaltet sich schwierig, wie sie schnell merkt.

Soll sie ein Kopftuch umbinden wie die junge Frau, die jeden Morgen um dieselbe Zeit an ihr vorbei gelächelt kommt? Oder soll Norma einen Blumenhut aufsetzen wie die alte Dame, die auf der anderen Straßenseite öfter an einem Tisch vor der Bäckerei sitzt und mit zittrigen Händen ihren Kaffeebecher hebt? Soll Norma ein langes oder kurzes Kleid anziehen? Soll sie …

Oh oh oh – da fängt das Desaster an. Noch nie hat Norma etwas selbst entscheiden müssen!

Sie schließt die Augen und greift mitten in dicht auf einer Stange hängende Gewänder.

Aha, blau-rot gestreift, knielang.

Schuhe?

Unbedingt, sie hat nackte Füße, die Leute draußen tragen alle welche. Die roten Gummistiefel mit den weißen Pünktchen, die als Dekoration im Schaufenster dienen. Her damit!

Nach geraumer Zeit steht Norma in roten Pünktchenstiefeln, blau-rot gestreiftem Kleid, buntem Fransenschal und Strohhut mit Blütenarrangement vor einem Spiegel und findet sich unwiderstehlich begehrenswert.

Und jetzt raus aus diesem Ladengefängnis.

Sie stakst zur Tür, rüttelt an der Klinke – verschlossen.
Was jetzt? Norma will raus!
Bei ihrem Rundgang durch alle Räume entdeckt sie hinter einer
Tür, oberhalb eines weißen Porzellansitzes mit rundem Klapp-
deckel, ein nur angelehntes Fensterchen. Dank ihrer schlanken
Figur und der überlangen Beine ist es für sie ein Kinderspiel,
durch das Fenster ins Freie zu gelangen.
Es regnet nicht mehr. Norma bewegt ihre quietschenden Gummistiefel die Geschäftsstraße entlang, als habe sie nie etwas anderes getan als vor Schaufenstern zu flanieren und leicht
bekleidete Normas zu betrachten.
Vergnügt winkt sie ihren Schwestern zu, wird aber keines
Blickes gewürdigt.
Hah, da ist er ja wieder, der kleine Straßenköter, trocken und
frisch gekämmt. Und auch die schwarze Schöne. Und der Mann
mit einer neuen Zigarette hinterm Ohr. Und die alte Dame mit
dem Blumenhut vorm Bistro. Und …
… und ich, denkt Norma.
Ich werde mich zu ihr setzen, die Beine übereinander schlagen
und testen, ob irgend jemand mich noch für eine schnöde, öde,
blöde geradeaus starrende Schaufensterpuppe hält, die keinerlei
Beachtung verdient!

Ein Schreck fährt ihr in die Glieder, denn jäh packt sie jemand
von hinten um die Taille, hebt sie von ihrem Schaufenstersockel,
reißt sie aus ihren Menschin-Träumen und lässt sie im Schritt-
tempo quer durch den Laden schweben.
Norma möchte *Ach Herrje* oder etwas in der Art rufen, doch ihr
Mund bleibt stumm. Und schon wird sie neben anderen unbe-
kleideten Normas in einem großen Lagerraum abgestellt.
Ausgeträumt. Vorbei die Illusion vom Menschsein in Freiheit.
Auch sie wird entblättert.

Eine Dekorateurin kommt herein mit einer Schubkarre braun-rot-gelb gemusterter Kleidungsstücke und Gummistiefeln. Spinatgrün. Ohne Pünktchen.

„So meine Hübschen, Sommersaison vorbei. Jetzt werde ich aus euch attraktive Herbst-Ladys machen."

Hach!

Verdutzt mustert sie die entblätterten Puppen. Ihr war, als hätte eine geseufzt.

Liebesperlen

Kopflos

Wie eingefroren richteten sich Lindas Pupillen auf den weißen von der Standardleiste umwinkelten Bildschirm, bis dieser in Zeitlupe ihrem Blickfeld entschwamm.

Sie reckte gedankenlos eine Hand, um sich eine Haarsträhne aus der Stirn zu wischen. Aber da war nichts. Die Hand glitt ihr schlaff in den Schoß.

Dort lag ihr Kopf, der aber sogleich selbsttätig zu Boden rollte und durch die offene Terrassentür ins Freie verschwand.

Ohne Kopf brauchte sich Linda nicht zu fragen, wie sie kopflos nachdenken, sehen, riechen, hören oder herausfinden sollte, was hier gerade vor sich ging. Eine lediglich nebulöse Wesentlichkeit sagte ihr jedoch, sie müsse den Kopf so schnell wie möglich wiederhaben, bevor ihr Gehirn, das nun im Schleudergang über die Wiese zentrifugierte, völlig gebrauchsunfähig würde.

Mit dieser kaum wahrnehmbaren Eingebung erhob sie sich und ging intuitiv auf die Suche nach ihrem Kopf.

Allerdings gestalteten sich die Möglichkeiten, die ihr zu ihrer kopflosen Suche zur Verfügung standen, äußerst wenig Erfolg versprechend.

So tappte sie im Dunkeln durch den Garten und zurück ins Haus, irrte wieder hinaus, stieß Gebrauchsgegenstände um und ließ sich schließlich mitten auf dem Rasen nieder.

Dumpfheit machte sich in ihrem Körper breit, doch ahnte sie auch kopflos, dass sie ohne Kopf nicht darüber würde reflektieren können, wie es zu dieser Kopflosigkeit gekommen war.

Helle Worte waren in ihr zurückgeblieben, hatten sich in ihrem Blutkreislauf angesiedelt. Immerhin wurde sie gewahr, dass ihre Kopflosigkeit mit Farbgebungen für Worte zu tun hatte. Und da sie seit ihrer Kindheit die seltene Gabe besaß, Worte in Farben zu hören und gleichzeitig zu sehen, blinkte in leuchtendem Gelb das Wort *Liebe* in ihr auf. Es schien in ihrer Brustmitte platziert, einerseits eingebettet in das warm braune Wort *Kuss*, zum anderen in das grell helle Wort *Sehnsucht*.

Andere Wortfärbungen strömten in ihr inneres Farbpotential. *Freundschaft*: gläsern, fast nebelig hell mit einem Hauch Grün. *Glück*: lindgrün.

Sie hatte früher schon entdeckt, dass sich ihre Farbwahrnehmungen von Wortnamen mit denen des französischen Dichters Rembauld decken, vorrangig jenen von Vokalen. In einem Gedicht beschreibt dieser seine Wortfarben. Nur Rot und Gelb empfindet Linda entgegengesetzt. So ordnet Rembauld den ganzheitlichen Klang des Wortes *Liebe* einem kräftigen Rot zu, sie hingegen empfindet ihn in strahlendem Gelb.
Solch detaillierte Auslegungen waren ihr jedoch in kopflosem Zustand nicht bewusst. Nur wenige Worte hatten sich farblich in ihr eingenistet. Linda saß noch immer auf der wortgelben *Wiese* und fühlte mit den Händen um sich. Und da landeten ihre Fingerspitzen an ihrem abhanden gekommenen *Kopf*, dessen Wortfarbe Blau ist.
Sie setzte ihn auf den wortschwarzen *Hals* und sah, dass um sie herum *Licht* war, dessen Wortfarbe tatsächlich in schönstem Sonnenblumengelb erstrahlte.
Endlich begann sie wach zu werden und konnte nachdenken.
Sie gab sich einen Ruck, der durch ihren Körper mitsamt Kopf ging, und sah dem Ursprung ihrer Kopflosigkeit ins Gesicht. Die Ursache war anscheinend eine Berührung. Männlich. Wer oder was war er? In welchem Zusammenhang stand er mit ihr?
Während diese Frage in ihrem Gehirn kreiste, schüttelte sie den Kopf, um ihre Synapsen wieder ihren angestammten Platz finden zu lassen.
Was war geschehen?
Sie erlebte Nachwirkungen eines Traums, Irrung, Wirrung, Irritation.
Welcher ungefragte Lieferant hatte ihr einen Liebhaber in ihre Nachtbilder geschickt? Wer war überhaupt zuständig für Trauminhalte? Bitte keine Werbung in meinen Briefkasten und schon gar nicht in mein ganz persönliches Nachtrepertoire!

Also gut, als warm strahlender Leuchtpunkt durfte dieser Traum in der Ferne verglimmen und mit seiner schwächer werdenden Kometenspur zurück winken.

Aha, nun füllte sich der Bildschirm wieder mit sichtbaren Worten aus sinnvoll aneinander gereihten Buchstaben, während die Wortfarbe Gelb leuchtete wie ein Wegweiser: Linda hatte während ihrer Kopflosigkeit ein Liebesgedicht verfasst, das gar nicht mal schlecht klang.

Auf ihren Kopf wollte sie künftig aber besser aufpassen.

Mittelpunkt der Welt
(Leicht veränderter Auszug aus: Der Ameisentöter,
Jugendroman, Verlag Friedrich Oetinger, 1997)

Verhalten streicht Matze mit dem Daumen über die Saiten. E A
D g h e – schon fast ein harmonischer Sound. Richard, sein Vater, hat sie bereits sauber gestimmt, die GUITARRA CLASICA,
eine original ALVARO aus einer spanischen Instrumentenwerk-
statt.

Mascha klappt das Französischbuch zu. Mittwochs übt sie mit
Matze Vokabeln bei sich zu Hause. Heimlich. Davon darf seine
Mutter nichts wissen. Und erst recht nicht, dass er nicht Matthi-
as, sondern Matze genannt wird.

„Kannst du richtig spielen?", fragt sie.

„Noch nicht. Mein Vater spielt gut, er will es mir beibringen. Du
Mascha ..." – Matzes Blick nimmt einen flehenden Ausdruck an
– „kann ich sie bei dir lassen? Meine Mutter erfährt besser
nichts davon."

„Wieso *das* denn nicht?"

„Weil sie von meinem Vater stammt."

„Ach je. Ist es so schlimm bei euch zu Hause?"

„Seit meine Eltern geschieden sind, hasst sie alles, was von ihm
kommt."

„Aber das ist *dein* Geburtstagsgeschenk, nicht ihres!"

„Macht für sie keinen Unterschied."

„Krass. Klar, lass sie erst mal hier in meinem Zimmer."

Als er zur Wohnungstür hinaus will, hält Mascha ihn am Ärmel
zurück. „Du kannst mir ruhig erzählen, was bei euch los ist. Ich
seh dir doch an, dass es dir nicht gut geht."

Matze zieht nur die Stirn kraus.

„Wirklich", bekräftigt sie. „Danach fühlst du dich besser."

„Was soll ich erzählen …"

„Hast du Angst, ich tratsche was weiter? Also Matze, wir sind
doch Freunde! Aber mir kommt eine bessere Idee. Morgen fah-

re ich mit dem Rad zum Waldheckensee. Da kannst du doch mitkommen."

„Und wo ist der?"

„Du kennst ihn nicht? Liegt mitten im Wald. Ich fahre öfter hin, meistens, wenn mein Kopf von irgendwas zu voll ist. Da können wir in Ruhe reden. Natürlich nur, wenn du willst."

„Klar will ich. Es ist bloß, meine Mutter …"

„… darf nichts davon wissen. Hab ich schon kapiert. Morgen? Sag du eine Zeit."

Matze denkt kurz nach über Jutta, seine extrem strenge Mutter. Sie hat erwähnt, dass sie Donnerstag wegen einer Betriebskonferenz erst abends nach Hause kommt.

„Ist gut Mascha. Morgen drei Uhr. Ich hol dich mit dem Rad ab."

Und nun sitzt er neben ihr auf einem Holzsteg, an dem ein kleines, gelbes Boot festgebunden ist. Die Turnschuhe haben sie ausgezogen, ihre Zehen stippen ins kühle Wasser. Sie haben es ganz allein für sich, schauen auf winzige Wellen, die der Wind ihnen entgegen bläst. Mücken sirren in Schwärmen über dem See, die Luft flirrt vor Hitze.

Mascha reckt den Zeigefinger. „Guck mal, ein Fisch!"

An immer wieder anderen Stellen springt einer hoch, schnappt ein Insekt und hinterlässt feine auseinander gleitende Ringe auf der Wasseroberfläche.

Wohlig bietet Mascha ihr Gesicht der Sonne, dem Wind, schließt die Augen.

„Das Wetter hab ich extra für uns bestellt. Nett von mir, oder? Hoffentlich bleibt es eine Weile so, wir fahren ja bald."

Matze sieht sie kurz von der Seite an. Ihre Bemerkung sticht ihm mitten in eine Herzkammer. Er darf nicht mit dem *Jugendtreff* an die Ostsee ins Zeltlager. Als einziger der Gruppe! Jutta hat es ihm mit gefühlt hundert idiotischen Begründungen verboten. Sie fürchtet überall lauernde Gefahren.

Am schlimmsten: Jungs und Mädchen zusammen. In *dem* Alter! Matze ist immerhin bald dreizehn, er kann auf sich selber aufpassen!

Er seufzt schwer aus dem Bauch raus. Ein Sommer ohne Mascha. Vier lange öde Wochen. Darüber könnte er vor Wut losheulen! Auch vor Traurigkeit. Alles zusammen.

„Bist du noch da?" Mit geschlossenen Augen tastet sie nach ihm. „Gefällt es dir hier auch so gut?"

„Mhm."

„Aber du sagst gar nichts."

„Was soll ich sagen …"

Sie saugt die warme Luft tief in ihre Lungen. „Bin ich froh, dass bald Ferien sind! Was machst du denn jetzt eigentlich? Fährst du woanders hin?"

„Nach Frankreich. Die letzten vierzehn Tage."

„Mit deiner Mutter?"

„Genau."

„Klingt nicht gerade begeistert."

„Nö."

Eine Zeit lang genießt Mascha den warmen Sommerwind auf ihrer Haut, während Matze nervös am Daumennagel herum beißt. Dicht vor seiner Nase fliegt eine bläulich schillernde Libelle und verschwindet im Schilf, das sich bei jedem Luftzug raschelnd reibt.

Ja, schön ist es hier. Ruhig, weit entfernt von allem Ärger. Und eigentlich könnte er Mascha jetzt von seiner tief sitzenden Verzweiflung erzählen. Sie würde zuhören, ihn trösten: *Ach, Matze, das kommt schon in Ordnung.*

Nun sitzt er hier allein mit ihr. *Hier können wir in Ruhe reden*, hat sie gesagt. Über alles, was Matze bedrückt.

Bestimmt erwartet sie, dass er gleich seine Probleme auspackt. Sein Mund ist wie zugewachsen! Er kann nicht über sich reden, weil er sich selbst über viele Dinge unklar ist und seine Stimmung danach bestimmt noch tiefer in den Keller rutschen würde. Alles vermiest ihm Jutta, einfach alles. Nur dann ist sie zu ertragen, wenn er sich haargenau nach dem richtet, was sie ihm vorschreibt. Und das ist selten das, was Matze richtig findet.

Ein anderer Grund für sein Schweigen: Maschas Nähe macht ihn unruhig. Wie sie da mit ihren langen Beinen schlenkert ... richtig braun sind sie schon. Am liebsten würde er seine Hand ganz vorsichtig auf die weiche Haut ihres Knies schieben und es streicheln.

Diese Vorstellung hält er kaum aus, sie treibt ihm einen prickelnden Schauer von der Bauchhöhle durch die Blutbahn. Es ist schwer, Maschas Beine nicht zu berühren, so zu tun, als interessierten ihn nur die schnappenden Fischmäuler. Allmählich bleibt ihm fast die Luft weg!

Er springt auf, schlüpft in die Schuhe und schlurft über den Steg zurück zum Ufer.

„Warte, Matze!" Mascha läuft ihm nach. „Los, wir borgen uns das Boot."

Er bleibt stehen. „Weißt du, wem es gehört?"

„Nein. Sieht aber nicht aus, als ob die olle Kiste noch irgend jemand braucht. Sind keine Paddel drin, wir müssen mit den Händen rudern."

Matze bindet es los.

Im Nu steht Mascha in der wackeligen Schale, mit ausgebreiteten Armen, um das Gleichgewicht zu halten.

Matze springt hinterher. Breitbeinig halten sie sich aneinander fest. Er torkelt, zieht Mascha mit sich, liegt unten, sie oben, und noch immer schaukelt der Kahn wie wild. Sie kreischen, lachen. Werden stiller.

Locker streckt sich Mascha neben ihm aus.

Matze rappelt sich auf, setzt sich auf die kleine Holzbank quer über ihren Füßen.

Sie verschränkt die Arme unter dem Kopf und blinzelt zu ihm herauf.

Das Schiffchen bewegt sich keinen Zentimeter vom Ufer weg, wippt leise polternd im Rhythmus leichter Wellen gegen den Bootssteg.

Mit einem kräftigen Ruck stößt Matze es vom Holzpfahl ab.

Ein paar Meter dümpelt es in Ufernähe weiter, dann bleibt es unter den herab hängenden Zweigen einer Weide liegen, dreht sich gemächlich um sich selbst und wankt nach einer Weile nur noch leicht auf der Stelle.

„Puh, heiß", stöhnt Mascha. „Am liebsten würde ich ins Wasser springen."

„Mach doch."

„Nur, wenn du mit rein kommst."

„Hab keine Badehose mit."

Mascha lacht ihn aus. „Ich geh so rein."

Als sie beginnt, ihren Rock herunter zu streifen, knüpft er konzentriert einen Knoten in seinem Schnürsenkel auf.

Ein Platsch, nur noch ihr Kopf ragt aus dem Wasser.

„Huh, im ersten Moment richtig kühl! Los, Matze, komm, ist ganz toll!"

Zügig schwimmt sie ein Stück vom Ufer weg.

Erst als sie weit genug entfernt ist, reißt Matze sich hastig die Kleider runter. Im Schatten des Bootes lässt er sich in den See gleiten.

„Igitt!", quiekt Mascha. „An meinem Bauch war ein Fisch! Sieh dich vor, hier gibt's Riesenkarpfen und Wasserschlangen!"

Sie kommt zurück, schlägt mit den Armen Schaumwellen in Matzes Richtung. Ausgelassen balgen sie und versuchen sich gegenseitig zu fangen. Eine Viertelstunde toben sie um das Boot herum, dann fängt Matze an, mit den Zähnen zu klappern.

Er hält sich am Rand des Kahns fest. Mascha taucht mit triefendem Kopf an der gegenüberliegenden Bootswand auf.

„Deine Lippen sind schon etwas blau, du musst raus."

„Wir haben keine Handtücher mit."

„Aber Sonne! Halt das Boot fest."

Sie klettert zurück und streckt sich bäuchlings aus.

Matze schaut einen Augenblick auf ihren schmalen Körper. Ziemlich dünn ist sie. Aber ihr kleiner Hintern sieht voll süß aus, ganz rund wie ein Pfirsich.

Matze legt sich rasch neben sie. Die Planken unter seinem Bauch sind sonnenwarm. Sie bieten gerade Platz für zwei, die nebeneinander trocknen wollen.

Ganz langsam atmet er ein und aus, hört den leichten Wellenschlag gegen das Holz glucksen und schmatzen. Die langen Zweige der Weide bewegen sich hin und her, werfen mal Schatten, lassen mal Sonnenstrahlen durch. Den ganzen Rücken runter kann Matze ihre Bewegung spüren.

Die kleine Stelle, an der Maschas Oberarm seinen Oberarm berührt, wird im selben Augenblick für ihn zum Mittelpunkt der Welt. Nichts anderes existiert als dieser winzige Punkt, ein Sender, der heiße Signale in seinen Körper funkt.

So liegen bleiben. Hundert Jahre. Alles vergessen. Die Zeit müsste einfach stillstehen.

Auf seinem Arm gehen Ameisen spazieren. Erst drei, dann mehr. Sie stören ihn nicht. Er würde sich nicht mal rühren, wenn es eine ganze Ameisenstraße wäre.

Begegnung

Und dann ist der Moment da, den Anna mit klammem Unwohlsein gefürchtet hat: *Sie* ist es, die aus dem etwas schief eingeparkten roten Kleinwagen steigt.

Anna erkennt sofort: erheblich jünger als sie selbst. Ihre Bewegungen natürlich, selbstverständlich. Dunkle, kinnlange Haare, weißer Pullover mit Rundausschnitt, Jeans. Eine hübsche, sportlich wirkende Mittfünfzigerin.

Das ist also Claudia. Vertraut mit diesem Haus, mit seinem Besitzer.

Anna wird sich augenblicklich der Spuren ihres Älterwerdens bewusst. Fünfzehn Jahre früher geboren, nur das Herz, die Empfindungen unversehrt jung. Alles Wünschen, Wollen und Können tief verborgen in den inneren Schlupflöchern unerfüllter Träume.

Sie fühlt sich bevorstehender Panik ausgeliefert, als sie der attraktiven Frau mit den Blumen im Arm entgegen sieht. Nimmt gleichzeitig Wolfs kaum gealtertes Erscheinungsbild wahr, unverändert seine fast jungenhafte, für Anna intensiv fühlbare Aura.

Und plötzlich die Deutlichkeit aller Erinnerungen. Hätte sie ihn nach so langer Zeit doch nicht besuchen sollen? Siebzehn Jahre sind es mittlerweile, eine anfangs unerträgliche Sehnsuchtszeit, nachdem er sich losgelöst und sie in tiefer Verletztheit zurückgelassen hatte.

Anna hatte Wunden lecken gelernt, gründlich. Und nun war sie hier.

„Hallo, ich bin Claudia.“

„Ich weiß, Wolf hat es mir erzählt. Ich bin Anna.“ Stereotype Worte, wie bittere Globoli von ihrer Zunge gerollt.

Claudias unbefangene Hand, die sich Anna entgegenstreckt. „Ich weiß, dass Sie malen, zeichnen, schreiben. Wolf hat mir sogar was von Ihnen vorgelesen. Fand ich gut. Schön, dass ich Sie jetzt mal kennenlerne.“

„Wir können uns duzen", bietet Anna zu rasch an, da die Verlegenheit bereits kleine Aussetzer in ihrem Gehirn zu produzieren beginnt, über die sie stolpern und sich nur wird retten können, indem sie sich um Kopf und Kragen plappert.

„Ich wollte gerade Tee kochen." Wolf dreht sich von den Frauen weg. „Ich meine zubereiten. Nimmst du etwa Zucker, Anna?"

Sie versucht zu lachen. „Meinst du etwa oder etwas?"

Winziges Knistern schwebt in der Luft der gemütlichen Wohnküche. Energiefunken lagern sich in versteckten Ecken ein, die sich entzünden und Annas Bemühen um Lockerheit in eine ungute Richtung lenken könnten. Vorsicht. Entgegen dem Vorsatz cool zu bleiben, legt sich ein Gewicht auf ihre Brust, sodass sie ihren Atemzügen ein metronomisch korrektes Taktmaß aufzwingt.

Ein schnelles, tiefes nach Luft schnappen, als Seufzer hörbar.

Claudia deckt den Tisch, stellt den mitgebrachten Rosenstrauß in eine Vase, auch sie ist hier zu Hause.

„Ich bin es gar nicht gewohnt, bedient zu werden." Anna, die allein lebt und sich fast immer selbst zu versorgen hat, lächelt. „Das lass ich mir jetzt gern gefallen."

Ein freundlicher Blick Claudias belohnt ihre schablonenhafte Bemerkung, von der Anna augenblicklich empfindet, wie blödsinnig sie nachklingt.

Wolf stellt Sahne und Plätzchen auf den Tisch. Sein Blick streift kurz den ihren. „Wurde wirklich Zeit, dass es mal klappt mit deinem Besuch."

Vor siebzehn Jahren gehörte Anna nicht nur zu Wolfs Bekannten- und Freundeskreis. Sie waren ein Paar. Dann schüttete das Leben etwas Geröll zwischen beide, das Paarsein fand ein Ende. Nun ein Rest ursprünglicher Freundschaft, die Anna und Wolf seit kurzem wiederbelebt und allmählich in Briefen entfaltet haben, online, Emaillierungen fern voneinander, lockeres Drahtgeflecht, aus Gedanken geknüpft. Es gab keine reale Begegnung seit damals. Und auch heute beginnen die Uhrzeiger nicht, sich für Anna rückwärts zu drehen, so wie sie befürchtet hatte. Der lange Abstand liegt dazwischen.

Auf dem Tisch vor ihr aber doch wie frisch aufgebacken die Erinnerungen.

Sie sitzen einander gegenüber, Wolf und Claudia auf der einen, Anna auf der anderen Tischseite.

Anna bemüht sich, Dinge zu sagen, die ihr Unbefangenheit attestieren sollen. Der hübsche Garten. Das malerische Ambiente der Terrassenanlage. Blauer Himmel. Sonnenworte.

Sie sieht, wie Claudias Hand nach der seinen tastet. Ihre Fingerspitzen streichen sacht über seinen Handrücken. Ziehen sich zurück. Ein Anblick von Vertrautheit, unbedingter Nähe.

Heute Nacht wird Anna hier als Gast übernachten.

Bei dieser Vorstellung wird ihr Hals eng, Tränen sammeln sich in ihrem Inneren – wo genau? Sie schluckt sie weg, gibt ihrer Miene den Anschein von Sorglosigkeit, klammert ihr Augenmerk an das Foto auf dem Fensterbrett, von dem wie eine gütig überlegene Beobachterin Regina herüber blickt, Wolfs Freundin der Nach-Anna-Zeit, auch nur für einige Jahre. Sie schaut von unendlich fern und doch fühlbar nah.

Und wenn Claudia, die in einer eigenen Wohnung lebt, sich entscheidet, ebenfalls hierzubleiben, die Nacht mit Wolf zu verbringen? Dann wird Anna im Gästebett unter deren Schlafzimmer jedes Geräusch wie einen Dolchstich empfinden. Sie wird eine ganze elende Nacht in ein fremdes Kopfkissen heulen und darauf achten, dass keine Wimperntusche den Stempel ihrer Enttäuschung hinterlässt. Ein deutlicher Anflug wiederbelebter Verliebtheit beginnt die Jahre ihrer Trennung zu tilgen.

Darauf war sie nicht gefasst! Obwohl nichts entschieden ist, fühlt sich Anna bereits verlassen. Drei Menschen, auf skurrile Weise miteinander verflochten, sie die Fremde.

„Hast du Lust zu einer kleinen Fahrradtour?", fragt Wolf, und Anna fährt hoch aus den ernüchternden Bildern, die ihre Fantasie inszeniert.

„Gute Idee. Aber ihr müsst Rücksicht auf meine alten Knochen nehmen." Claudia schüttelt den Kopf. „Nun übertreibst du."

Während des Ausflugs gelingt es Anna, ihre Angespanntheit hinter sich zu lassen. Die Schüchternheit, die Annas Selbstbewusstsein oft bis zur Schweigsamkeit einschränken kann.

Claudia zeigt sich als unkompliziertes, ausgeglichenes Menschenkind, und Anna würde sie mögen, wäre ihr dies mit anderer Vorgeschichte möglich.

„Ich fahre gleich wieder nach Hause, morgen muss ich früh raus", teilt Claudia am Abend mit. „Aber ich wollte dich doch endlich kennenlernen."

Anna vermag die Erleichterung kaum zu verbergen. Ihr Mund kann jetzt ohne Anstrengung lächeln. „Nett, dass du extra hergekommen bist. Kompliment Wolf, du hast einen sehr guten Geschmack."

Er grinst, zieht Claudia in die Arme. Sie küsst ihn mitten auf die Lippen und lässt ihre Finger hinter sein Ohr gleiten. Sagt ihm Dinge, Verabredungen, Termine, erklärt ihm diese mit Vorfreude, mit Zärtlichkeit in den Augen.

Anna wendet sich ab.

Und dann geht sie mit hinaus und schaut gemeinsam mit Wolf Claudias Abfahrt zu.

Das Schweigen danach ist fast so intensiv, dass man es hören könnte.

„Sie ist sehr sympathisch", sagt Anna schließlich.

„Ist sie. Jemand Unsympathisches hätte ich mir auch sicher nicht ausgesucht."

„Ich geh ein bisschen durch den Garten."

Anna hat plötzlich das Gefühl, sie müsse rennen, fliehen.

Am Ende der Rasenfläche lehnt sie sich gegen einen Holzzaun und schaut auf eine Weide mit wolligen Schafen.

Hat sie die Begegnung unbeschadet überstanden?

Er ist ihr gefolgt.

Glühend fühlt sie seine Finger ihren Rücken hinauf gleiten bis zum Haaransatz. Lässt es geschehen.

Dreht sich halb zu ihm um, schaut zu Boden. So bleiben sie stehen.

„Weißt du Wolf, ich fahre doch heute noch zurück. Ist besser so."

Für ein paar Sekunden trennt nichts Störendes ihr flammendes Stillhalten.

Bis seine Hand langsam aus ihrem Nacken fällt.

Bittersüß

Der Morgen schien sich in einer fremden Galaxie zu entfalten, obwohl alle äußeren Merkmale denen ihrer gewohnten Welt entsprachen.

Als Vera die Augen aufschlug, war die Veränderung da, hatte ihren Organismus besetzt. Bereits während des kurzen Taumels zwischen Schlaf und Erwachen fühlte sie sich darin gefangen.

Das Bett neben ihr, Bens Schlafstätte, wies eine zurückgeschlagene Zudecke und ein achtlos weg geknautschtes Kopfkissen auf – der vertraute Anblick um halb sieben Uhr früh.

Sie schloss erneut die Augen und ließ das erregende Fremdgefühl auf ihre Sinne wirken. Sie selbst hatte sich in ein Anderwesen verwandelt. Ihr Inneres fand sie ausgekleidet mit feinem Federflaum, den sanfte Windböen alle paar Sekunden in wohliges Zittern versetzten, um dann wie von einem gleißenden Kometen durchzuckt zu werden.

Reglos lag sie auf dem Rücken, unfähig, sich der Faszination ihrer Wahrnehmung zu entziehen.

Sie ließ die Fingerspitzen der einen Hand sanft die Haut der anderen streicheln, und als sei die Zeit stehen geblieben, durchströmte sie die schmerzhafte Süße der Erinnerung.

„Kaffeeeee!" Bens Guten-Morgen-Song drang zu ihr, beinahe rücksichtslos in seiner liebevollen Selbstverständlichkeit.

Sie blieb einen Moment liegen, bemüht, sich der Realität des Aufstehenmüssens zu nähern, schlug mit einem Ruck die Bettdecke weg, ging ans Fenster, öffnete die Vorhänge.

Sonnenversilberte Birkenzweige schwebten im Morgenwind – Einklang mit ihrem inneren Federspiel. Vera atmete schnappartig auf und trat vor den großen Wandspiegel.

Ein Gesicht voll müder, fein gefältelter Haut blickte ihr entgegen. Auch die schulterlangen zerwühlten, fast schon ergrauten Haare verrieten ihr Alter.

Und doch, jemand hatte sie angeschaut. Hatte sie nicht einfach nur angeschaut. Hatte seine Augenblicke in Veras Augenblicke versenkt und sie in den Schwebezustand neuer Gefühle entführt.

Sie löste sich von ihrem Anblick und den neuen Empfindungen, indem sie mit schnellen Schritten ins Badezimmer ging, duschte und ihre Zähne putzte.

Die Normalität des Alltags hatte sie wieder eingeholt, doch ihr Andergefühl trug Vera mit in die Küche.

Alles war wie immer an diesem Morgen, würde bleiben wie gewohnt. Nur schlich sich mit ihrem Eintreten etwas Unsichtbares ein, das sich über dem Frühstückstisch ausbreitete und auch Ben umfing, als sie ihm den Begrüßungskuss auf die Wange drückte. Ben, den sie liebte, der mit ihr die Oase vertrauter Rituale und nicht weg zu denkender Gewohnheiten teilte, ihr Zuhause, ihre Sprache, ihre Selbstverständlichkeiten.

Nichts war anders als sonst.

Und doch, jeder ihrer Gedanken, jede Bewegung hatte eine körperliche Wahrnehmung zur Folge. Sogar das Bestreichen des Brötchens mit Butter und Marmelade fand statt in diesem Raum füllenden Fluidum, das Vera in sich trug, mit herein gebracht und um sich ausgebreitet hatte.

Ben blickte wie gewohnt kaum auf von der Zeitung, die neben seiner Kaffeetasse auf dem Tisch lag.

Sie sah ihm ins Gesicht. Ein Hauch Zärtlichkeit lag in ihrem Blick.

Alles war wie immer.

Alles sollte unverändert bleiben. Unbedingt.

Und dann wusste sie, dass sie einen Brief würde schreiben müssen. Sofort nach dem Frühstück. Denn mit wem sonst als dem Verursacher ihres Andersseins in dieser neuen Galaxie sollte sie darüber sprechen.

Ihr Bedürfnis, aktiv zu sein, sprang an wie ein Motor. Vera setzte sich an den Computer und öffnete ihre Mailstation.

Ein unsichtbares Medium begann mit sinnlichen Erinnerungspartikeln durch ihre Blutbahn zu kreisen.

Alles sollte bleiben wie bisher.

Sie ließ den Bildschirm leer, ohne Worte, ohne Bilder. Atmete tief durch, betrachtete eine Weile ihre unsortierten Gedanken auf dieser Maschine ohne Gefühle. Ließ ihrem Anderssein genügend Zeit zum Ausklingen.

Erst dann schrieb sie.

Gemischte Gemeinschaft

Als sie vor ihr standen, beide strahlend wie die Sonnenblumen, die sie ihr entgegen streckten, wich alle Farbe aus Gesas Gesicht. Von leichtem Schwindel erfasst, umklammerte sie sekundenlang die Klinke, ohne die Tür ganz zu öffnen.

Olaf. Vertraut verknotet mit Naomis Arm, die ihn ohne Vorankündigung mitbrachte.

Woher nahm er die Chuzpe, hier aufzutauchen …

Gesa, ab heute sechzehn, hatte ihr Kindsein endgültig hinter sich gelassen und begann, neue Erfahrungsideen auszuloten. Keinesfalls aber mit einem Jungen wie diesem!

Zugegeben, in physischer Entwicklung stand Gesa ihrer Altersgruppe ein wenig nach. So klein und zierlich ihr Erscheinungsbild auch anmutete, preschte sie intellektuell doch vielen voraus. Einen deutlichen Vorsprung bewies sie durch ihre bereits ausgeprägte Kenntnis klassischer Musik. Diesen erzählenden Klangwelten war sie wie einer Zauberdroge verfallen. Sie entdeckte Tschaikowski, Beethoven, Strawinski, Ravel und öffnete Unbekanntem fasziniert alle Sinne.

Heute feierte sie ihren Geburtstag mit Freundinnen und Freunden. Sie waren zu acht, Gesas Eltern hatten ihnen für den Rest des Tages die Wohnung überlassen. Zwei Jungen, fünf Mädchen hatte Gesa aus dem Chor Derjenigen eingeladen, die jeden Mittwochabend gemeinsam sangen und als besonders stimmbegabt eine Vokalistengruppe bildeten.

Gesa war als Jüngste dabei.

Jetzt nahm sie Gratulationen und Sonnenblumen in Empfang. „Danke. Aber kommt erst mal rein."

Olaf zog die Augenbrauen hoch und grinste. „Ist doch okay, dass ich mit dabei bin? Ich wollte euch mal zuhören."

„Ja, wollte er wirklich", bekräftigte Naomi, deren leichte Verlegenheit verriet, dass ihr Gesas Schrecksekunde nicht entgangen war.

Gesa stellte Olaf knapp vor, fühlte sich dabei aber unwohl. Olaf, in dessen Vorhandensein ihre Gedanken noch bis vor kurzem kleine verliebte Expeditionen unternommen hatten …

Ernüchtert konstatierte sie, dass nun Naomi sich mit jemandem einließ, von dem sie nicht ahnte, dass er in Wahrheit ein Hohlkopf war.

Ihre Gäste, die kurz zuvor eingetroffen waren, machten es sich auf Sofa und Sesseln um den Tisch voll kleiner Snacks und Getränke bequem.

Lasse und Finn, Brüder mit ersten Barterfahrungen und seit einem Jahr den Vokalisten zugehörig, hatten einen Rap für Gesa einstudiert. Einen witzigen Geburtstags-Sprechgesang, der in seiner Rhythmik mittendrin etwas außer Kontrolle geraten und in gemeinsamem Gelächter untergegangen war.

Daraufhin hatte Lasse den Sektkorken knallen lassen, Gesa hatte mit ihnen und den Chorfreundinnen angestoßen.

Und nun die Verspäteten.

Augenblicklich brachte Olaf in die gemischte Gemeinschaft etwas Störendes, das Gesa ein Warnsignal in den Kopf pochte. Außer ihm hatten sich Musikfans zusammengefunden, und gesungen wurde, was sie zurzeit für das nächste a capella-Konzert unter Leitung der Sängerin Louisa Gösch erarbeiteten. Sie bildeten eine exklusive kleine Besetzung, innerhalb der, wie Frau Gösch ihnen ans Herz gelegt hatte, jeder vollkommen eigenverantwortlich einer flexiblen, harmonischen Klanggestaltung verpflichtet sei.

Nach einem dreistimmig intonierten Chanson von George Brassens strahlte Naomi Olaf an. „Und? Wie hat es dir gefallen?"

„Ja, ganz okay. Aber ehrlich, nicht mein Fall." Er musterte die übrigen Gäste. „Singt ihr noch lange so was? Ich dachte, hier ist hauptsächlich Party. Sekt ist wohl schon alle. Gibt's noch mehr von der Sorte? Und vernünftige Musik?"

„Du hörst vernünftige Musik", belehrte ihn Gesa.

„Geschmackssache. Leg mal was Cooles auf mit Pep zum Tanzen."

„Wenn du was Cooles mit Pep willst, geh in einen Diskoschuppen", schlug Gesa vor.

„Mach ich." Seine Augen signalisierten Spott. „Du kommst aber mit."

Naomi sah zwischen ihnen hin und her. „Was ist hier eigentlich los?"

„Frag Gesa", antwortete Olaf achselzuckend.

Innerlich vor Empörung bebend, hätte Gesa ihn am liebsten achtkantig abserviert. Sie konnte seine Anwesenheit kaum länger ertragen.

Die Anderen blätterten in Noten, fanden einen etwas unbekannteren Song der Beatles. Jeder, jede von ihnen, auch Naomi, war hier Solist. Zusammen entfalteten sie als Ensemble eine tolle Klangfülle, deren Kontrapunkt aus Rhythmik und purer Freude am Singen bestand.

Doch die Stimmung roch inzwischen leicht angebrannt.

Als Olaf sich jetzt lässig gegen den Heizkörper am Fenster lehnte und gelangweilt mit seinem Smartphone spielte, spürte Gesa aufsteigende Übelkeit und ging aus dem Zimmer. Beim Anblick des Toilettenbeckens überkam sie würgender Spuckreiz. Nachdem sie sich etwas gefangen hatte, spülte sie ihr Gesicht mit kaltem Wasser ab.

Sie musste ihn loswerden. Ihm eindeutig zu verstehen geben, dass er unerwünscht war. Auch, wenn Naomi sie mit großen, verständnislosen Augen ansehen und vielleicht mitgehen würde.

Gesa blickte in ihr Spiegelgesicht. Es wirkte eingefallen, wie von Krankheit gezeichnet. Egal, sie musste es schaffen mitzusingen, den anderen zuliebe.

Olaf hielt inzwischen ein Notenbuch in der Hand, so wie die anderen. Als der Beatle-Song angestimmt wurde, vernahmen alle sein klägliches Mitgebrumme, dann Zischen, Kieksen, Prusten, Gelächter.

Sie brachen ab, sahen Olaf abwartend an.

„Sorry Gesa, aber ich muss gerade dran denken, wie ich dich …" Der Rest erstarb in erneutem Gepruste.

Sie wusste es. Das Diskriminierende war vor einigen Tagen passiert. Im Park, als sie zu viert dort umher schlenderten. Sie hatte nötig ins Abseits gemusst, war hinter Büschen verschwunden, während die Anderen, unter ihnen Olaf, ihren Spaziergang langsam fortsetzten.

Doch plötzlich hatte er hinter ihr gestanden. Hatte mit seinem Strahl auf ihren Schuh gezielt.

Gesa war aufgesprungen, hatte Slip und Hose hoch gezerrt und die Flucht ergriffen.

Jetzt hielt Olaf noch immer die Noten in Händen. Olaf, der sie angepisst hatte. Den Naomi nun mit hierher geschleppt hatte, unwissend.

„Singt doch ruhig weiter," forderte er auf.

„Raus."

„Ich?"

„Du. Raus."

„Und wieso?"

Gesa riss ihm das Notenbuch aus der Hand und warf es in sein Gesicht.

„Bist du übergeschnappt? He, die ist verrückt!"

Sie stürzte zurück ins Badezimmer. Schloss sich ein. Hielt sich Ohren, Augen, alles zu. Kam für eine halbe Stunde nicht wieder raus. Auch dann nicht, nachdem Olaf laut „Okay, ich bin dann mal weg!" gerufen und die Tür zugeknallt hatte.

Schließlich musste sie aber doch zurück ins peinlich stille Wohnzimmer.

Besorgte Gesichter blickten ihr entgegen.

Gesa sprach nicht, fühlte sich wie versteinert. Hilflos zuckte sie mit den Achseln, wandte sich zum Fenster, zu schwach, irgendetwas zu retten an diesem abgrundtief verkorksten Geburtstagstreffen.

„Tut mir so leid, aber mir geht es nicht gut", brachte sie leise heraus. Dann weinte sie.

Naomi nahm Gesa in den Arm. „Egal, was passiert ist – nicht traurig sein. Wir holen alles nach."

Ein, zwei Minuten betretenes Schweigen.

Dann fing ein Bass melodiös an zu summen. Der zweite fiel ein mit Worten. Lasse. Finn. „Gesa hat Geburtstag ... " Ein Sprechgesang folgte, eine überraschend witzige Improvisation, bis Gesas Weinen immer mehr wie Kichern gluckste.

Danach verabschiedeten sich alle. Ja, ein andermal würde alles nachgeholt.

Nur Naomi blieb. Legte Gesa aufs Sofa. Räumte auf. Brachte Geschirr und Gläser in die Küche, schaltete die Spülmaschine an.

„Erzähl", sagte sie, als sie damit fertig war. „Da ist ja irgendwas verdammt in die Hose gegangen."

Gesa schüttelte den Kopf. Atmete schwer. Atmete mit einem abgrundtiefen Seufzer aus.

Und begann zu erzählen. Stockend. Bald flüssiger.

Und dann erzählte Naomi.

Und wieder Gesa.

Ein paar stumme Minuten vergingen. Dann zuckte es in Naomis Mundwinkeln. „Nüchtern betrachtet, ist er ein ziemlich blöder Arsch, oder?"

„Ein Affenarsch mit Sonnenblume", prustete Gesa los. „Zum Glück sind Blumen unschuldig."

„War sowieso eine von mir", sagte Gesa.

Sie waren noch lange vergnügt und tauschten Vertrautes aus, bis Gesas Eltern zurück kamen.

„Moment mal", bemerkte Naomi. „Was steckt da für ein gefalteter Zettel unter der Vase?"

Gesa öffnete ihn, las. Legte ihn auf ihren Schoß. Reichte ihn überrascht lächelnd Naomi.

Kopf hoch, meine liebe Gesa. Bis ganz bald, Dein Lasse.

Autorin on tour

Reise mit Gegenüber

Hauptbahnhof Münster, korrekt erfülltes Unzuverlässigkeits-Klischee der Deutschen Bahn:

Auf Gleis zwölf erhält Einfahrt der verspätete ICE … Wagenführung in umgekehrter Reihung

Hektisch bilden sich Ameisenstraßen von Standort A nach Standort F und umgekehrt. Hoppelnde Trolleys, bockende Gepäckstücke – es wird gerannt, gerempelt, gestolpert.

Bereits bei C pfeife ich auf dem letzten Loch. Seitenverkehrt gedacht, müsste ich nach E, noch fünf Wagen nach hinten.

Bitte einsteigen, Zug fährt in Kürze ab!

Der Schreck über das sofort zu erwartende Signal lässt mein Herz rasen.

Mit einem Bein lauert die Abpfiff-Chefin in der offenen Wagentür. „Schnell, kommen Sie hier rein!"

Sie hilft mir mit dem Gepäck, trillert gellend, schwenkt dem Lokführer die Kelle.

Im Innern des ICE verstopfte Gänge. Besonders sperrig mit Büchertasche, Reisekoffer und Huckepack-Gitarre, schleuse ich meine Lasten über Barrieren von Reiseutensilien, verängstigte Hunde und Kinderköpfe.

Ich kämpfe mich von Wagen zu Wagen durch verkeilte Koffer, Taschen und sich vorbei quetschende Reisende, vorwärts, rückwärts. Meinen gebuchten Platz möchte ich dringend in Anspruch nehmen, denn ich reise noch bis nach Bonn.

Seltsamerweise blökt keiner den anderen an, im Gegenteil, es wird gewitzelt, gelacht – gemeinsames Missgeschick als abenteuerliches Gemeinschaftsgefühl.

Gute Weiterfahrt. Die Deutsche Bahn dankt für Ihre Reise mit der Deutschen Bahn.

Leises Rädersummen, wir fahren.

Abteil Sitznummer 102 …

Ah, endlich die Schiebetür, hinter der mich der mir zugeordnete tatsächlich noch freie Sitz erwartet. Zwei meiner Gepäckstücke platziere ich auf anderer Leute Bagage. Plumps sitze ich neben der Tür, meine Gitarre in knallbunter Hülle hochkant auf dem Schoß.

„Geil, spiel mal was."

Ein Jugendlicher mit aufgeknöpftem Hemd und seltsamer Vogeltätowierung auf haarloser Brust grinst anzüglich. Immer derselbe blöde Spruch, wenn ich Zug fahre. Ich verziehe einen Mundwinkel.

„Gib mal her."

Will der jetzt spielen? Nein, mit großzügigem Schwung bringt er mein Instrument auf der Gepäckablage über seiner eigenen Reisetasche in Sicherheit.

„Danke, sehr nett."

Der Zug ruckelt über Wechselgleise, ich atme erleichtert durch, auch wenn es extrem eng und stickig ist in diesem Sechser-Abteil.

Entspannen wäre eine prima Option, würden sich nicht vor mir massive Bergrundungen erheben. Mein Gegenüber wiegt über den Daumen gepeilt 150 Kilo. Seine raumfüllenden Knie ragen bis auf wenige Millimeter an meine Knie.

Er versucht sie einzuziehen, was wegen physikalisch-physiologischer Beschaffenheit nicht naturgegeben ist.

Sein Bemühen, mich nicht einzuengen, löst mitleidige Milde in mir aus. Es bereitet ihm Probleme, das sehe ich ihm an. Auch ich schiebe meine Knie vorsichtig nach rechts oder links, doch seine Alpenlandschaften verhindern jegliches Zwischenparken.

Ab und zu mustere ich ihn kurz. Jung sieht er aus. Frische glatte Gesichtshaut. Haare schwarz, mittels Gel aalglatt nach hinten frisiert, im Nacken zu einem dünnen Bündel zusammengefasst.

In einer Kurve rutscht ihm sein Bemühen außer Kontrolle, ich fühle mich gefangen in weichem, warmem Fleisch, sacht eingebettet in Hosenstoff.

Um ihm Peinlichkeit zu ersparen, studiere ich interessiert den Fahrplan. Was soll so ein armer Mensch anderes machen als sich in sein Schicksal ergeben, vermutlich ist er solchen Situationen häufiger ausgesetzt. Wieder durchflutet mich ein Hauch Empathie, sogar beinahe das Gefühl, einer kleinen Schicksalsgemeinschaft anzugehören, indem ich stillschweigend das Geheimnis unserer Knieberührung billige.

Eine Zugbegleiterin schiebt geduldig lächelnd die Tür auf, quillt quasi aus dem Ganggedränge herein.

„Guten Tag, die Fahrausweise bitte."

Mein Gegenüber erhebt sich, wurstelt in der aufgehängten Jackentasche – für meine Kniescheiben eine kurze Erholungspause.

Sein Versuch, sich danach etwas eingeschränkter zu platzieren, bleibt erfolglos.

Ich schaue ihn möglichst nicht mehr an, um ihm die Unannehmlichkeit meines vermeintlich genervten Blicks zu ersparen. Er soll nicht befürchten müssen, er würde meine Beinfreiheit aufdringlich einengen. Dieser Übergewichtige ist schwer genug gehandikapt in seiner Beweglichkeit und, das kann ich mir vorstellen, seinem kompletten Lebensalltag.

Meine Anspannung löst sich allmählich. Was soll sein, gönne ich ihm doch die unmittelbare Nähe weiblicher Knie, die er sonst womöglich nie zu spüren bekommt. Wen reizt es schon, sich von einem solchen Koloss vereinnahmen zu lassen. Wahrscheinlich wird er nie das Wohlgefühl erotischer Umarmung erfahren, der arme Teufel.

Eine Kurve, wir rutschen nun auch wadenmäßig eng auf Tuchfühlung, ich blicke auf, lächle entschuldigend.

„Macht nichts."

Das kann ich mir denken, es macht ihm nichts. Schließlich bin auch ich jung und nicht gerade grottenhässlich.

Für Sekunden begegnen sich unsere Blicke.

Eigentlich schön, seine Augen und sein winziges Mich-Anlächeln. Ich fühle mich angenehm wahrgenommen, ehrlich ohne ihn zu verdächtigen, das Aneinanderwachsen unserer Extremitäten könnte von ihm beabsichtigt sein.

Oder ist es das doch?

Mein Experiment, ein Bein übers andere zu schlagen, scheitert. Ich würde unweigerlich meine Wade an seiner reiben müssen, denn genau genommen stecke ich fest.

Tief einatmen. Ich könnte mal eine Weile in den Gang treten. Vielleicht würde er dann aber meinen, ich würde seine Nähe nicht länger aushalten?

Verstohlen mustere ich seinen Leibesumfang. Alles, was er trägt, muss kostspielige Sonderanfertigung sein. Ein männliches Unikat dieser Größenordnung wird es schwer haben mit weiblicher Haut, und ich wünschte ihm von Herzen wenigstens *einen* guten Freund, der zu ihm hält.

Ich schließe die Augen, spüre meiner Müdigkeit nach. Umso schicksalsergebener drücken nun unsere Knie gegeneinander, und ob ich es will oder nicht, sie strömen etwas aus, von dem ich nicht einmal sagen kann, es ist mir unangenehm.

Ach, gönne ich doch dem von der Gnade gesunden Schlankseins Benachteiligten dieses Kniespiel, mit Sicherheit hat er ja sonst …

Ein Handy schnarrt, die Veränderung seiner Beinstellung lässt meinen etwas mehr Luft.

Er erhebt sich schwerfällig, fasst wieder in seine Jackentasche.

„Ja hallo, mein kleiner Spatz, hier ist der Papa. Im Zug. Bin in einer Stunde bei euch. Gibt's was Leckeres zu essen? Ich habe Bärenhunger. Ist die Mama da? Gib sie mir bitte. – Hallo Süße, ja, ich habe alles bestens über die Bühne gebracht, es gibt Grund zum Feiern. Ich dich auch, Küsschen. Dann bis gleich."

Ich muss erst mal schlucken. Irgendwie bin ich enttäuscht.

Nicht enttäuscht, nein, ich fühle mich *ge*täuscht. Habe schließlich für diesen glücklichen Familienvater mein ganzes verdammtes Mitgefühl vergeudet!

Unsere Blicke begegnen sich noch einmal. Fünf Sekunden lang. Er lächelt. Nach innen und nach außen.

Mit dem nach außen meint er mich.

Meine Lesung in Harltauferlangen

Schon vor einigen Jahren habe ich mich aus Altersgründen von meinem Reiseberuf verabschiedet und erfreue mich rückblickend am Reichtum wunderbarer Erlebnisse.

Neben unzähligen Lesereisen innerhalb Deutschlands war ich während fast zwanzig Jahren regelmäßig in der Schweiz unterwegs. Jährlich für eine bis zwei Wochen haben mich Literaturförderungs-Teams, die Schullesungen für deutsche und schweizerische Autorinnen und Autoren organisieren, zu Gastspielen in die Kantone Sankt Gallen, Zürich und Luzern eingeladen.

Jedes Jahr treffen dort, großenteils untereinander befreundete, Kinder- und Jugendschreiberlinge zusammen, werden auf die Schulhäuser des jeweiligen Kantons losgelassen und dürfen nach getaner Arbeit angenehme Hotels und die besondere schweizerische Gastfreundschaft genießen.

Das alles geschieht zur Literaturförderung und nicht zuletzt, um Schweizer Schulkindern das Hochdeutsch in klarer Aussprache – *das Schriftdeutsch* – mit spannenden, möglichst abwechslungsreichen, gehaltvollen Programmen aus eigenen Werken zu vermitteln.

Kreuz und quer übers Schienennetz oder auf Busstrecken ging es während meiner Tourneen, Berge rauf und wieder runter, in Städte und Dörfer, in denen jedes sein eigenes Schulhaus für mich öffnete.

In den Hotels habe ich häufig aufs Frühstück verzichtet, wenn ich sehr früh zu meinen Fahrten in entlegene Ortschaften starten musste. Aber immer fand ich das aufregend schön, ich gelangte in zauberhafte Landschaften und lernte liebenswerte und interessante Menschen kennen. Meine interaktiven mit eigenen Liedern und Gitarre aufgelockerten Kinder-Lesungen machten allen Spaß, und ich glaube, ich übte den schönsten freien Beruf aus, den ich mir je hätte ausmalen können.

Da ich in der Schweiz laut Veranstaltungsplänen oft in drei verschiedenen Orten pro Tag erwartet wurde, habe ich immer schon von Deutschland aus die Zugfahrpläne studiert, damit ich an Ort und Stelle pünktlich ankomme. Zum Glück kam es im nahezu perfekt getakteten schweizerischen Bahnsystem selten zu Verspätungen, und waren es mal mehr als drei Minuten, entschuldigte sich meist ein freundlicher SSB-Beamter mit einer kleinen Durchsage.

Einmal wurde ich in der Primarschule Uttwil am Bodensee erwartet. Vom Hauptbahnhof Sankt Gallen aus war jenes Örtchen in einer halben Stunde mit einem gemütlichen Nahverkehrszug zu erreichen, und da ich bereits in vorherigen Jahren dort zu Gast war, kannte ich Strecke und Station, an der ich am Ziel sein und abgeholt würde. Alles ganz einfach, nur einmal umsteigen in Romanshorn, wo der Anschlusszug unter Garantie auf dem gegenüber liegenden Gleis schon bereitstand.

Mit Zugticket, Gitarre und Büchertasche fuhr ich also los.

Ab Arbon lauschte ich allmählich auf die Ansage, die meinen Aussteigehalt ankündigen würde. Uttwil.

Die Bahn steuerte darauf zu, der Zeitplan gab mir Recht, dass Uttwil in den nächsten Minuten erreicht sein würde.

Da schnarrte in schweizerischem Akzent die Ansage eines SSB-Beamten aus dem Lautsprecher: „Nächste Station Harltauferlangen."

Mich packte ein frostiger Schreck. Sofort fragte ich meinen Sitznachbarn: „Entschuldigen Sie, was hat er angesagt?"

„Harltauferlangen."

„Harltauferlangen, um Himmels willen", stieß ich aus, „ich muss nach Uttwil, das muss doch jetzt kommen!"

„Jo, Uttwil", sagte er, „aber Harltauferlangen."

Nun geriet ich fast in Panik, denn offensichtlich fuhr ich auf einer falschen Strecke, war verkehrt eingestiegen, hatte nicht aufgepasst – Lesevormittag vermurkst, Kinder warteten vergeblich auf das Highlight mit Autorin Zeuch.

Der Zug verlangsamte die Fahrt.

Eine Frau, die mir gegenüber saß, erkannte wohl meine Verzweiflung. „Sie müssen das rote Knöpfchli drückchen. Das isch neu."

Ich sah mich ratlos um. Oh Gott, welches rote Knöpchfli? Letztes Jahr gab es in Zügen keine Knöpfchli.

„Sonst fährt der Zug durch", ergänzte sie. „Es befindet sich am Ausstieg."

Ich sprang auf. Entdeckte den roten Knopf, unter dem auf einem Schild zu lesen war HALT AUF VERLANGEN, drückte wie vom Teufel besessen.

In letzter Sekunde kam der Zug zum Stehen.

Eine meiner Kolleginnen hatte am nächsten Tag ebenfalls in Harltauferlangen zu tun.

Ich warnte sie rechtzeitig.

Überraschungsgast

In den hell erleuchteten Raum kam Bewegung. Drei Frauen mittleren Alters trödelten herein, wurden von Frau Ott, der Bibliothekarin, so überschwänglich willkommen geheißen, als fürchte sie deren prompte Umkehr.

Eine ältere Dame, die scheu im Türrahmen verharrte, reckte schildkrötig den Hals.

Ihre Blicke leuchteten auf, als sie von der Gastgeberin persönlich empfangen wurde: „Tach Mutti. Du kannst gleich da vorn sitzen."

Die anderen Frauen kannten einander, lachten, schwätzten, sicherten sich drei leere Reihen Sicherheitsabstand zum Lesungstisch mit dem obligatorischen Glas Wasser.

Ein Sammelsurium an Sitzgelegenheiten hatte die Leiterin der kleinen Bücherei zusammengetragen: etwa vierzig dem Kirchengemeindesaal entliehene Stühle, eine rechteckige Bücherkiste mit Deckel und Kissen, ein bunt kariertes Sofa aus der Kinderecke, einen gelben Sitzsack.

Ein einzelner nicht mehr ganz junger Herr blieb unentschlossen auf dem Flur stehen, grauer Anzug, offener Mantel. Wollte der rein oder nicht? Immerhin zog er Schal und Handschuhe aus.

Nach einladendem Winken Frau Otts wand er sich verlegen in den bisher feminin beherrschten Raum.

Sie zupfte nervös an ihrem Pepitarock, der ihr in Zieharmonikafalten über den Knien hochgerutscht war.

Ihre Augen maßen die Sitzplätze.

„Doch, doch, müsste reichen", murmelte sie in Richtung Bücherausgabetheke, hinter der ich, die Vortragende, bei einer Tasse Kaffee meinen Auftritt erwartete.

Frau Ott flüsterte mir mit aufmunterndem Lächeln zu: „Keine Sorge, erst zwanzig vor acht, gleich haben wir mehr Publikum."

Selbst fast ungesehen, behielt ich den Überblick über jede Veränderung dieser langgezogenen, engen Räumlichkeit mit an einer Wandseite zusammengeschobenen Bücherregalen.

Noch gähnte ein großer Teil der Sitze schläfrig, und ich fürchtete, sie könnten Dekoration bleiben.

Ich erfasste den losen Packen Din A 4-Seiten meines Romans, der ein wenig auseinander gerutscht war, und stukte ihn zwischen Daumen und Zeigefingern in bündige Form. Die Blätter hatte ich gut sichtbar nummeriert, den Schriftgrad der Texte auf pt 15 vergrößert, brauchte lediglich ein Blatt beiseite, das nächste obenauf zu legen. Allerdings fehlte meinem Roman das Siegel des vollendeten Werks. Vor mir lag ein *Manuskript*, etwas Unfertiges, nicht in endgültige Form Gegossenes, geschweige denn durch einen namhaften Verlag in den Rang eines potenziellen Bestseller Gehobenes.

Nach Absprache mit der Veranstalterin war diese Unvollkommenheit erwünscht, um den Entstehungsprozess eines Buchprojekts zu demonstrieren. Dem Publikum wollte ich es als Privileg verkaufen, bevorzugt einer Text-Generalprobe beiwohnen zu dürfen.

Achtzehn vor acht.

Ich wandte mich dem Fester zu, das einen Teilblick auf die Straße zuließ. Wo blieben zwanzig, dreißig einparkende Autos, aus denen Trauben Literaturhungriger quollen …

Nicht mal ein Hund ließ sich blicken.

Auf den wenigen gedruckten Plakaten, die an der einzigen Buchhandlung vor Ort, der Pizzeria und Bäckerei nebenan sowie der Bücherei selbst aushingen, war meine, Larissa Dresslers, Lesung aus ihrem unveröffentlichten Roman *Geliebtes Chaos* angekündigt. Dass ich für meine verschickten Exposés bereits von fünf Verlagen Absagen erhalten, andere sechs mir nicht geantwortet, ein weiterer vor Wochen vages Interesse angedeutet hatten, brauchte ich nicht preiszugeben.

Schon zum dritten Mal fühlte ich in meine Tasche. Lesebrille … Zeichnungen aus meiner Feder, die ich eventuell vorzaubern wollte … Taschentücher … Signierstifte, auch wenn es nichts zu signieren gab. Alles greifbar, um es auf dem bereitgestellten Tisch auszubreiten.

Das Handy! Rasch schaltete ich es aus.

Frau Ott huschte hierhin, dorthin, blickte wiederholt auf die Armbanduhr.

Ich hatte mit ihr nicht abgesprochen, wer von uns mich vorstellen würde. Hoffentlich hat nicht *sie* die Absicht, dachte ich. Bei solchen Einführungsreden hatte sich mir manches Mal der Magen umgedreht.

Als was war ich nicht schon bezeichnet worden ... Dichterin – altmodische Bezeichnung für eine Lyrikerin. Auch als Buchhalterin, worüber jedoch niemand gelacht hatte. Schmuckstück der schreibenden Zunft. Romanheldin.

Am schlimmsten fand ich, mit anderen Schriftstellerinnen verglichen zu werden: Eine durchaus qualitativ gleichrangige Künstlerin ihrer großen Kollegin ...

Ich stieß einen Seufzer aus. Dieselbe Aufgabe, die ich mein halbes Leben hatte meistern dürfen, stand mir nun nach unfreiwilliger Zweijahrespause wie neu bevor.

Leichtes Unwohlsein überfiel mich, den Erwartungen der wenigen Besucherinnen und Besucher nicht zu genügen ... zu husten ... krächzen ... mittendrin aufs Klo zu müssen.

Ich sah den Mann auf die dicht gegeneinander lehnenden Belletristik-Regale zusteuern. Nach erfolglosen Verrenkungen, eines der Exemplare aus einer Ritze zu ziehen, nahm er in der hintersten Ecke auf dem Kindersofa Platz. Tasche, Schal und Handschuhe legte er auf seinen Schoß, behielt den Mantel an, seinen Blick direkt auf meinen Kopf gerichtet, der aus dem Versteck ragte.

Unter seiner Beobachtung fühlte ich meine Körperlichkeit schrumpfen. Dieser Vorgang erfolgte jede Minute spürbarer, verstärkt durch ein Peinlichkeitsgefühl, da der Raum ein Fiasko versprach: Es strömte nicht, es kleckerte nicht mal.

Gerade, als ich einen verstörten Seufzer verschluckte, drängte eine Gruppe von etwa zwanzig Leuten herein, jung und alt gemischt!

Durch meine Adern spukte sofort ein Erregungsgespenst. Ich atmete tief ein, atmete tief aus, mehrmals, es half nicht.

Ob jemals jemand mitfühlen kann, wie es in der Seele eines Schreiberlings aussieht, der einen ganzen langen zweistündigen Abend mit möglichst denkwürdigem Spannungspotential zu bestreiten hat? Jeder Autor, jede Autorin öffnet den Erwartungen Wildfremder sein verwundbares Ich, zeigt kritischen Blicken die innere Nacktheit.

Schluss damit, sagte ich mir, versehentlich laut. War ich denn von allen guten Geistern verlassen, dass ich zurückfiel ins Lampenfieber meiner Anfängerjahre, die Furcht, kein Wort herauszubringen, sobald ich den Mund vor fremden Menschen würde öffnen müssen? Ich war ein alter Hase, zwanzig Berufsjahre hatte ich hinter mir!

Oder haderte ich damit, dass ich auf Bitten Frau Otts zum ersten Mal ehrenamtlich auftrat, also unentgeltlich? Galt mir das Ehrenamt nicht als genügend professionell?

Die Gedanken flitzten ungeordnet durch meine Gehirnbahnen. Angespannt betrachtete ich das Häufchen interessierter Leute, die zwischen größeren Lücken weiter hinten Platz nahmen und Mutti in der ersten Reihe allein ließen.

Und da war ja auch dieser rätselhafte Mann, der sich auffallend separiert und den Mantel nicht abgelegt hatte, als würde er bald wieder verschwinden wollen.

Presse? Nein, dann wäre er bereits auf die Autorin zugekommen, hätte Fragen gestellt.

Irgendetwas Unerwartetes schien mir bevorzustehen mit diesem Gast, ich spürte es.

Tatsächlich verlieh mir der Anblick des Mannes hinten in der Ecke auf einmal trotzige Stärke, auch wenn im ersten Moment mein Mund leicht pelzig klebte.

Einen Schluck Wasser trinken. Zwei, drei.

Ich hob das Kinn, räusperte mich knapp, trat hinter meinem Schutzwall hervor.

„Guten Abend. Schön, dass Sie meine Lesung besuchen. Aber bitte kommen Sie ein bisschen näher gerückt, sonst sitzt die Dame da vorn so allein."

Erheitertes Murren und Schurren, während auch die vorderen Stuhlreihen besetzt wurden. Dafür gaben nun die hinteren umso augenfälliger den Mangel an Publikum preis.

Nur der Mantelmann hielt weiterhin Abstand.

„Frau Ott, herzlichen Dank für die nette Einladung", begann ich.

Die Gastgeberin trat lächelnd einen Schritt zurück, offensichtlich erlöst von der Aufgabe, mich dem Publikum bekannt machen zu müssen.

„Mein Name ist Larissa Dressler, aber das wissen Sie schon. Ich begrüße Sie herzlich, besonders einen Überraschungsgast: Herrn Alfons Lebrink."

Da war er, der Name, im selben Augenblick hatte ich geortet, woher ich diesen Mann kannte – meinen früheren Deutschlehrer.

Leicht aufgestört straffte dieser seine Haltung, denn man drehte sich zu ihm um, ein kleines schiefes Lächeln war seine Antwort.

Ein heißer Adrenalinschub machte mich hellwach und angriffslustig. Ich setzte ein siegesgewisses Lächeln auf, ein Lächeln der Erleuchtung: Alfons Lebrink, der also.

Wie wenig hatte sich der prüfende Blick seiner zusammengekniffenen Augen nach zwanzig Jahren verändert. Wie wenig hatte er heute noch mit mir zu tun, wie viel damals, vor Jahren, wie sehr hatte er mir zugesetzt.

Und da fand ich ihn nun skeptisch abwartend, abgesondert von den übrigen Gästen, womöglich auf mein Versagen lauernd, Zeuge blamabler Selbstüberschätzung seiner ehemaligen Schülerin.

Dir werde ich es zeigen, dachte ich. Du Miststück von einem Lehrer. Du Sadist, der mich in meinen Begabungen hatte vernichten wollen. Der mir schlechte Noten erteilt hatte, wenn es um mein Lieblingsfach Deutsch ging. Der mir absprach, genügend Tiefblick, Reife, Talent, Sprachgefühl zu besitzen.

Einen bewussten Moment sah ich in die Runde, schenkte etwa dreißig Gästen mein Lächeln.

„Ich bin etwas aufgeregt, weil ich aus einem Manuskript lese, einer unvollkommenen Arbeit, deren Fertigstellung ich gern in der Tasche hätte. Ich betrachte diese Lesung als vorläufigen Gradmesser dafür, ob meine Geschichte ein Werk in Glanz und Gloria oder anderen Unvollendeten in einer dunklen Schublade Gesellschaft leisten wird."

Ich stand aufrecht. Vor mir auf dem bereitgestellten Tisch lagen die losen Manuskriptblätter und meine aufgeschnürte Mappe mit den Illustrationen.

„Ich zeige Ihnen gleich einiges anschaulich, egal, ob Sie meinen Entwurf gutheißen oder in der Luft zerreißen werden. Mein Werk ist fest in mir verankert, und nichts, aber auch nichts kann seiner Vollendung etwas anhaben." Ich lachte. „Na ja, leider bedeutet Vollendung sowieso nicht immer auch Erfolg."

Ganz locker trank ich wieder einen Schluck, ließ mir ein paar Sekunden Zeit, die Blicke entspannt auf jeden einzelnen Gast zu werfen.

Dann fing ich an zu lesen.

„Das Jahr begann mit der bemerkenswerten Unbedeutsamkeit, dem vorangegangenen Jahr zu gleichen ..."

Im selben Moment war mir bewusst, dass meine Erzählung verknüpft war mit diesem Lehrer. Doch ein störungsfreier Fortlauf der Veranstaltung verbot, darüber nachdenken zu müssen, warum ausgerechnet er hier aufgetaucht war.

Als er gleich darauf den Mantel ablegte und die Beine bequemer übereinander schlug, wusste ich, ich hatte ihn an der Angel.

Übrigens schuld daran, dass ich Autorin geworden bin, ist Herr Lebrink, der mich schon in ganz jungen Jahren ermutigt hat ...

Nein. Das sagte ich nicht. Ich las weiter im Text, sicher, engagiert und so vertieft, dass der Mann in der hinteren Ecke sich unmerklich in Luft auflöste.

Zur nachfolgenden Geschichte „Dornhagen":

Ausgerechnet eine meiner ersten längeren Lesereisen gestaltete sich, wie ich sie mir nicht kurioser hätte ausdenken können.

Als ich noch eine Unbekannte war in meinem Beruf als Autorin, also nach meiner ersten Kinderbuchveröffentlichung, wurde ich zu meinem Schrecken vom Literatur fördernden Friedrich-Bödecker-Kreis zu einer kleinen Lesungs-Tournee eingeladen.

Ich!? Nie im Leben würde ich mich vor Schulklassen stellen und vorlesen, was meine Fantasie zusammengesponnen hatte!

Trotzdem sagte ich zu – einen kläglichen Versuch war es wohl wert, denn mehr als in die Hose gehen konnte es nicht.

Und dann die große Überraschung: Es waren die Schulkinder, die unbefangen auf mich zugingen, mir lauschten und alles Lampenfieber nahmen. Sogar die Lehrerinnen (selten Lehrer) folgten gebannt meinen Darstellungen.

Das war 1986. In allen Bundesländern gab und gibt es die Friedrich-Bödecker-Kreise. Und da ich damals mit meiner Familie noch in Bonn lebte, startete ich von dort auf Einladung und Empfehlung dieser Institution, welche Autorenbegegnungen mit Schülern und Schülerinnen fördert, organisiert und mitfinanziert, meine ersten Zugfahrten in Sachen Literatur.

Es war äußerst aufregend. Ich durfte reisen, musste allerdings Interessantes bieten, um weiterhin eingeladen zu werden, schließlich wurde ich dafür nicht schlecht honoriert. Ich dachte mir interaktive Programme aus, hatte längst eigene Lieder komponiert, meine Gitarre begleitete mich überall. Das Vorlesen meiner Geschichten trug ich mit viel Enthusiasmus, Begeisterung und Leidenschaft in die Schulen und das Arbeiten mit Kindern wurde mir zum Lieblingsberuf.

Bei all diesen Lesereisen widerfuhren mir interessante, spannende, bereichernde, lustige Situationen.

Und haargenau so verrückt geschehen ist diese Geschichte, die ich hier wiedergebe. Nur den Ortsnamen habe ich geändert.

Dornhagen

Nach fünf Stunden Zugfahrt mit mehrmaligem Umsteigen sollten noch etwa zwanzig Kilometer Busfahrt vor mir liegen bis zur für mich gebuchten Hoteladresse. Drei Autorenlesetage in Dornhagen!

Der Tag hatte sich bereits verabschiedet, als ich, letzter Busfahrgast, den Transfer in ländlicher Ödnis für beendet ansehen musste.

„Entschuldigung, aber das hier ist wirklich Dornhagen?"

„Dornhagen Endstation, genau", ließ der Busfahrer wissen.

Also stieg ich aus.

Er schloss die Tür, startete eine Kehrtwende, der Bus zeigte mir rot entschwindende Schlusslichter.

Ich befand mich auf einem von einer Laterne kläglich beleuchteten Wendeplatz, weit und breit kein Mensch, kein Hund, Huhn, Schwein. Mich umstanden drei mit der Dunkelheit verschmelzende Häuser, lediglich ein einzelnes Fensterlicht verriet, dass hier Lebewesen existieren mussten. Anscheinend war ich auf einem Fremdplaneten gelandet.

Ein garstiges Gefühl von Mutlosigkeit beschlich mich, denn ich sollte im WALDHOTEL Dornhagen einquartiert und dort am nächsten Morgen zu Lesungen in der Grundschule abgeholt werden.

Telefonzelle? Diese wettergeschützten gelben Post-Kabinen mit der Möglichkeit weltweiter Verständigung gab's damals noch, sogar in kleinsten Ortschaften. Handys waren visionäre Hirngespinste. Hier, auf der dunklen Mondseite, waren es anscheinend sogar Telefonzellen.

Da stand ich nun mit Lesekoffer, Reisetasche und Gitarre unter der Laternenfunzel, versuchte den Busfahrplan zu entziffern, hungrig, müde, irgendwie aber auch tragikomisch belustigt. Denn laut Information hatte der letzte Bus den Mond verlassen.

Vielleicht half mir ein Komet weiter.

Ich stiefelte zuversichtlich auf das durch ein Fensterlicht als bewohnt ausgewiesene Haus zu, klopfte und bekam in der Tür ein von Fragezeichen entstelltes älteres Männergesicht zu sehen.

„Entschuldigen Sie, ich bin gerade mit dem Bus angekommen. Ist das hier wirklich Dornhagen?"

„Wo wollen Se denn da hin?"

„Ins Waldhotel."

„Waldhotel? Ja, das gibt's. Ist aber zirka acht Kilometer entfernt. Da wollen Sie wirklich hin?"

Ich erklärte ihm, was Sache war.

„Übernachten geht da nicht", gab er bedeutungsschwer zu verstehen.

„Und wieso nicht?"

„Da ist ja keiner."

„Wie … das kann nicht sein." Ich kramte die Hotelbuchungsbestätigung aus der Tasche und hielt sie ihm unter die Nase.

Er schüttelte verständnislos den Kopf und rief ins Haus: „Frau!"

Eine verschlafen aussehende Madame kam an die Tür geschlurft und begutachtete mich mit bemerkenswert drögem Gesichtsausdruck.

„Darf ich bitte mal Ihr Telefon benutzen? Ich bezahle Ihnen das Gespräch."

Das Ehepaar wechselte Blicke stummer Verständigung.

„Fragen Sie mal beim Hans Overath", sagte der Mann zugeknöpft.

„Und wo ist der Hans Overath?"

„Da drüben."

Rumms, ging die Tür zu.

In meinem Magen verknotete sich ein Wurm, während ich auf das unbeleuchtete Gebäude zu stolperte, in dem ich, wenn ich Glück hatte, diesen Hans Overath treffen konnte.

Tatsächlich, durch ein Tor fiel schwacher Lichtschein, ich vernahm Geräusche.

Der Hans war jung, belud im Innenhof soeben seinen Kombi mit Musikinstrumenten, Verstärkern und Mikrofonen.

„Nanu, wer sind Sie denn?"

Ich berichtete.

„Waldhotel? Da wollen Sie doch nicht etwa hin?"

Helle Verzweiflung stieg in mir auf. Was war los mit diesem Hotel? Lagen Leichen im Keller?

„Doch", stöhnte ich. „Da *muss* ich hin."

„Aber das liegt mitten im Wald. Außerdem, die machen im Winter dicht. Da werden Sie keinen ans Telefon kriegen."

Ich fror, und zwar heftig, denn es war Ende November und die Reisemüdigkeit tat ihr Übriges.

„Könnten Sie mir bitte wenigstens ein Taxi bestellen?"

„Wohl kaum. Hinfahren könnte ich Sie kurz. Aber von da muss ich sofort weiter."

Ich stieg zu einem fremden Mann in ein voll beladenes Auto und quetschte mir meine Sachen vor die Füße und auf den Schoß.

Die Fahrt führte etwa zehn Minuten durch düstere Waldgebiete, Straßen ohne Beleuchtung. Ich betete, dass er nicht jeden Moment am Waldrand ein Päuschen würde einlegen wollen. Stattdessen erfuhr ich während der kurzen Strecke sein halbes Leben.

Weiter so, dachte ich, solange du mich vollquatschst, kann mir nichts passieren.

Er bog schließlich in einen stockfinsteren Waldweg und folgte etwa hundert Meter den Lichtkegeln seiner Scheinwerfer.

„Ab hier muss ich Sie allein lassen, sonst komme ich zu spät. Das Hotel liegt da oben."

Er warf mich hinaus in nachtschwarze Waldeinsamkeit, die mich an das Schicksal von Hänsel und Gretel erinnerte.

Ich sah mich um. Zwei, drei Kilometer talwärts schimmerten durch die Baumstämme Dornhagens Straßenlichter.

Das Autogeräusch entfernte sich. Ich, mit Gitarre, Koffer, Tasche, zitternden Knien, verlassen, hungrig, unterkühlt, hatte das Gefühl, in tiefstem Dschungel ausgesetzt zu sein.

Mit unterdrücktem Heulen und üblen Flüchen schleppte ich mich bergauf.

Nach etwa zweihundert Metern tauchte tatsächlich ein riesiger, eckiger Kasten auf, schwarz wie eine tote Burg.

Der Verzweiflung nahe beschloss ich, mitsamt Gepäck einen Rundgang um das düstere Gemäuer zu unternehmen. Und siehe da: Auf der Rückseite gab es einen Eingang, über dem in grüner Leuchtschrift WALDHOTEL zu lesen war. Wenige Meter davon entfernt erkannte ich ein Parkplatzschild. Es gab also aus der anderen Richtung eine Autostraße herauf!

Die Eingangstür war abgeschlossen, also drückte ich im Stakkato die Klingel.

Klack klack – sogleich drehte sich ein Schlüssel im Schloss.

„Aaah, die Autorin!" Ein krummes, sehr kleines Männlein blickte dienstbereit zu mir empor. „Wir haben Sie schon früher erwartet. Herzlich willkommen."

Huch?

Der Stein auf meiner Seele sagte tschüs und rollte den Berghang runter nach Dornhagen.

Drinnen allerdings sah nichts nach herzlichem Willkommen aus. Es muffelte stark nach feuchtem Zement. Ich stolperte über Säcke und verhedderte mich in ausgelegten Plastikplanen unter Baugerüsten. Der Riesenkasten wurde renoviert.

Die Gaststube lag in Finsternis, doch sofort wackelte das Männlein mit Taschenlampe geschäftig hinter die Theke und drückte Wandknöpfe.

Schlagartig sprangen Musikgedudel und Beleuchtung an.

„Darf ich Ihnen zur Begrüßung ein Getränk anbieten?"

„Nur zu gern! Irgendeinen Schnaps bitte." Ich stieß erleichtert Luft durch die Nüstern und ließ mich auf einen Stuhl fallen.

„Möchten Sie auch essen? Wir sind darauf vorbereitet."

Ja, ich wollte essen und trinken und endlich meine Hufe von mir strecken. Zuerst zeigte er mir mein Zimmer im ersten Stock. Es lag an einem nur vorn von matter Notbeleuchtung erhellten Endlosgang, und mir schwante, dass ich der einzige Gast sein könnte.

Als ich zum Essen hinunter kam, schwang die Tür zur Küche auf. Ein junger Mann in weißem Hemd und roter Weste, Serviette überm Arm, nahm in perfekter Oberkellnerhaltung meine Wünsche auf.

Ich bestellte ein Pfifferling-Omelett und Salat, dazu bekam ich einen Begrüßungs-Cognag, den ich sofort runter goss. Schnaps tat ich mir nur in Extremsituationen an, entsprechend schüttelte es mich, doch dann durchrieselte mich wärmende Beruhigung.

Danach verabschiedete ich mich für die Nacht. Ein für mich bestelltes Taxi sollte am anderen Morgen um halb acht vor dem Hotel stehen und den Transfer zur Lesung übernehmen, so hatte es mir die Schulleiterin bereits telefonisch mitgeteilt.

Mir fiel ein, dass ich ihr versprochen hatte, sie anzurufen, sobald ich angekommen sei. Da im Zimmer kein Telefon zur Verfügung stand, begab ich mich noch einmal hinunter.

Die Gaststube war bis auf ein kleines Sparlicht über dem Ausgang unbeleuchtet und totenstill.

Ich rief.

Wirt und Kellner hatten das Haus verlassen und, wie ich feststellte, mich eingeschlossen.

Kann nicht wahr sein, dachte ich. Und wenn's brennt? Nun gut, dann benutze ich jetzt ungefragt deren Telefon hinter der Theke. Fehlanzeige. Es war durch ein Sicherheitssperrschloss unbenutzbar.

Mich überkam ein Anfall von Tragik, und am liebsten hätte ich einen weiteren Schnaps gekippt, musste aber mit Leitungswasser vorlieb nehmen. Nicht mal ein Mineralwasser war aufzutreiben, denn auch sämtliche Schrank- und sonstige Türen hatten sie sorgfältig vor mir verschlossen und die Schlüssel unauffindbar versteckt.

Sofort fiel mir ein alter Film ein, in dem einsame Frauen in anheimelnde Gasthäuser gelockt, geschlachtet und gepökelt in Brombeerwein auf Tellern mit Goldrand den nächsten Opfern serviert wurden. Und so wurde aus meiner Hotelübernachtung eine nächtliche Zitterpartie.

In diesem alten Schuppen waren ständig bösartiges Rascheln, Flüstern, Knarren zu vernehmen. Dumpfe Gestalten schlichen durch den Gang vor meine Tür und lauerten mir auf.

Ich ließ das Licht brennen und bekam keine Sekunde Schlaf.

Am nächsten Morgen war ich heilfroh, die Nacht ungeschlachtet überstanden zu haben, und begab mich zum Frühstück in die Gaststube.

Dort traf ich niemanden an, und noch immer waren sämtliche Türen einbruchsicher verrammelt, Lichtschalter außer Funktion.

Ich holte mein Gepäck herunter, vor Empörung kochend.

Um halb acht hupte draußen ein Taxifahrer.

Ich kam nicht weg! Hatte weder etwas im Magen noch die Möglichkeit, dieses Geisterschloss zu verlassen.

Ein Fenster ließ sich öffnen, und ich brüllte hinaus: „Hallo, helfen Sie mir hier raus!"

Der Chauffeur muss mich für geistig verwirrt gehalten haben, denn ich reichte ihm mit knapper Begründung meine Reisesachen durchs Fenster und bat ihn, für mich die Räuberleiter zu machen.

Die Schulleiterin entschuldigte sich für dieses Malheur. Sie bot mir Kaffee an und schenkte mir eins ihrer Diät-Knäckebrote, bevor ich meine Lesung begann.

Für die nächsten beiden Nächte durfte ich in ein anderes Hotel umsiedeln.

Der nicht sehr weite Weg zum Dornhagener Stadthotel führte mich nach Schulschluss an einem Erholungspark vorüber. Dort kamen mir zwei sehr aufgeregte Männer entgegen gerannt. Und als sei die Geschichte nicht schon verrückt genug, rief mir einer von ihnen zu: „Passen Sie auf! In der Goethestraße ist eine Rotte Bullterrier ausgebrochen, die jagen hier irgendwo frei rum!"

Ich legte einen Zahn zu und trank an der Stadthotelbar zur Beruhigung einen weiteren Cognag.

Nach physischer Selbstinspektion stellte ich fest, dass ich nicht zerfleischt worden war, dafür aber allmählich zur Schnapsdrossel mutierte.

Thüringen nach der Wende
Tagebuchnotiz Oktober 1990

In Sonneberg/Thüringen kam ich von meinem vorigen Lesungsort Gera an. Die Fahrt mit dem Zug dauerte vier Stunden, und ich war nicht überzeugt, dass die Strecke über Lichtenberg mit rechten Dingen zuging. Der Fahrkartenautomat spuckte nichts Günstigeres aus, was bedeutete, der Fahrpreis war stattlich. (Für mich eigentlich unerheblich, da Fahrten und Übernachtungen der Friedrich-Bödecker-Kreis zahlte, welcher jetzt jeweils in den Neuen Bundesländern aktiv mit dem Westen Schritt hielt).

Die ursprünglich sehr einfachen Hotels, von denen mir vorher berichtet worden war, hatten sich auffallend gemausert. Das erste für mich gebuchte Domizil in der Gemeinde Mittelpöllnitz war auch gleich das erste Lesereisenwunder in einem neuen Bundesland, dessen ich teilhaftig werden durfte.

In dem winzigen Örtchen, gegenüber einem Dorfweiher, hatte ein altehrwürdiger Gasthof einen Aufschwung genossen (oder soll ich sagen: erlitten?), der seinesgleichen in der westlichen Hotelbranche suchen konnte. Zwischen Altgasthaus und Seitengebäude hatte ein künstlerisch ambitionierter Architekt den Innenhof zu einer schönen, stilvollen Atrium-Halle komponiert und mit moderner Edeleinrichtung ausgestattet.

Dieses frisch gestylte Refugium erfuhr verwegene Kontraste, da die überdachte Bar neben dem Innenhof nach wie vor den ursprünglichen Ortsansässigen gehörte, sprich: Männern.

Ich saß mit der Bibliothekarin in der angrenzenden Gaststube und genoss wahnsinnig leckere Bratkartoffeln mit Sülze, die mich später leider die halbe Nacht beschäftigten. Es war akustisch schwierig, mich mit ihr zu verständigen, was am rauen Vergnügen rund um einen Billardtisch und bereits konsumierten Biermengen der Mannsbilder lag.

Wie Zaungäste saßen zwei Frauen an einem Randtisch vor roten Getränken.

Raubeinige Dorfcharaktere in Hemd und Hosenträgern grölten, ja brüllten schier vor Gelächter über eine Bemerkung, die ich nicht verstanden hatte, da ich des Dialekts nicht kundig war. Bis sich plötzlich einer von ihnen johlend auf dem Parkett wälzte, weil ihn offenbar ein Witz zu Boden geworfen hatte.

Lautstärke und Urigkeit der Vergnügungen sagten mir: Die Jungs haben sich ihren Platz trotz edler Politur dieser Stätte nicht streitig machen lassen. Und ich glaube, jeder Wessi wäre ehrfürchtig vor der Gelassenheit dieser urwüchsigen Burschen zurückgewichen.

Meine Tournee führte mich in viele andere kleine Ortschaften, deren Namen ich vergessen habe. Ich weiß gar nicht, wie ich das Flair mancher Lesungsorte beschreiben soll. Einige waren geprägt von Widersprüchen, angenehmen oder abgestandenen Gerüchen, von Rissigkeit, Narben und Heilschorf, von überraschenden Schönheiten. Und über all dem ein wie gekauter Dialekt.

Positiv auffallend an den Menschen war, dass sie ganz unaufgeregt zu den Unzulänglichkeiten ihres Lebensalltags standen und sich über Widrigkeiten eher ironisch amüsierten als sie zu beklagen.

Die Bibliotheks-Einrichtungen waren teils abgewirtschaftete Bohnerwachsstuben mit muffigen Regalen, und selbst da, wo renoviert worden war, hatte der Muff der Vorwendezeit nicht das Weite gesucht – Flickwerk, Schluderei, faszinierende Hässlichkeit, die ich aber auf Anhieb bewunderte. Wenige hielten mit westlichem Standard Schritt, und doch war all das geprägt von unerschütterlicher Liebenswürdigkeit.

Ich hatte Mühe, die Errungenschaften – hier eine neue Tapete, dort frisch angeschaffte Bücher „aus dem Westen" (auch meine) und eine vollautomatische Kaffeemaschine – gebührend zu bewundern. Denn mir wurde manches dieser Art voll anrührendem Stolz präsentiert.

Wie verwöhnt wir doch alle waren, wie anspruchsvoll bis arrogant in unserem westlichen Daseinsverständnis!

Überwiegend gab es guten Kaffee in den Bibliotheken, auch mal gebraut auf einem kleinen Einplattenkocher im Kochtopf versteckt zwischen Aktenschrank und Blumenständer.

Die Damen, ja meist Damen, waren beeindruckend engagiert und hatten meine volle Bewunderung.

Knarrende Dielen, Linoleum, Elektroleitungen über Putz, quer verstrebt mit wulstigen Wasserrohren, durch die es hin und wieder gluckerte, sobald eine Toilettenspülung in Gang gesetzt wurde. Ich mitten drin mit aufmerksam überraschtem Schülerpublikum und meinen Geschichten, Liedern und Gitarre Franziska.

Und dann die umfangreich gebauten Menschen.

„In Thüringen isst man gern", sagte lachend Frau S., die mich mit ihren schwarz-weißen Leggins an einen netten, rundlichen Pinguin erinnerte und ganz eindeutig zu ihrer Aussage stand. Es gab auch die dünne, agile Bibliothekarin Frau M. (selten sah ich ein männliches Wesen in Bücherstuben), die Erstaunliches auf die Beine stellte, und ihre Kolleginnen, die gemeinsam aus Wenigem, das ihnen an Möglichkeiten zur Verfügung stand, viel Brauchbares zu zaubern schienen: Vorlesestunden für Kinder oder Senioren, Spiel- und Bastelnachmittage, Buchbesprechungen in den Kreisen Interessierter.

Und nun auch Autorenlesungen mit Schriftstellern und Schriftstellerinnen aus den alten Bundesländern.

Die Schulen erwiesen sich damals als komplettes Trauerspiel. Einige der Lehrerinnen (wieder bekam ich selten einen Mann zu Gesicht, genauso wie bei uns), die bei meinen Veranstaltungen anwesend waren, hatten mein tiefes Mitgefühl ob ihrer unbewegten Gesichter, ihres matronenhaften Temperaments und offensichtlicher Trübsal ihres Daseins, das sie mittels Teilnahmslosigkeit an den Tag legten. So sehr ich die Kinder auch begeisterte – sie signalisierten Langeweile und Desinteresse. Nur ab und zu blitzte doch verstecktes Vergnügen in irgendeiner Miene auf.

Waren sie von oberer Stelle zu Autorenbegegnungen verdonnert worden? Waren sie skeptisch uns „Wessis" gegenüber? Hatten sie Berührungsängste?

Manche Lehrkräfte versetzte ich aber auch in Erstaunen: Ich war also nicht die von ihnen erwartete hochkultivierte „Dichterin", sondern eine muntere Akteurin, die der Langeweile den Garaus machte und die Kinder mit Temperament aufmöbelte.

Ja, die Kinder waren durchweg fasziniert und begeisterungsfähig – ein kleiner, nein großer Trost für all meine Strapazen dieser umständlichen Thüringen-Tour.

Bliebe noch das Essen zu erwähnen. Die Speisenkarten boten reine Aufforderungen zu Adipositas. Und trotz eingehenden Studiums aller mir vorgelegten Essensvorschläge wollte es mir nicht so recht gelingen, etwas Magenfreundliches ausfindig zu machen. Bratwurst, Kraut, Schnitzel, Kartoffelsalat mit fetter Mayonnaise ... Klöße und Sauerkraut mit Schweinebauch ... Resultat: Ich lief in Thüringen doppelt so umfangreich herum wie normal, mit Blähbauch und vielen heimlichen Rülpsern.

Jetzt, nach dem abendlichen Genuss von überbackenen Champignons auf Toast, knöpfe ich im Hotelzimmer gemütlich meine Hose auf und lasse meinen Plumpsbauch raus quellen, niemand sieht mich.

Ich bin gerade draußen gewesen, suchte einen Briefkasten und fand einen. Es gibt hier wunderhübsche Häuser. Ich war sogar erstaunt, weil ich in Hotelnähe keine vermutete. Es sind alte, fast hochherrschaftliche Villen, und es wäre gelogen, ihnen den Stempel heruntergekommen aufzudrücken. Doch irgendwie wirken sie wie vergessen, sich tapfer Wind, Wetter und Spuren von Vergänglichkeit aussetzend.

Übrigens, die meisten Bibliothekarinnen, die mich am Bahnhof abholten, besaßen kein Auto, was bedeutete, dass wir manchmal lange Strecken mit Sack und Pack (Bücherkoffer, Reisekoffer, Gitarre) marschierten. Auch Straßenbahn und Bus fuhren wir, und einmal wurde ich mit dem Fahrrad abgeholt, welches wenigstens mein Gepäck transportierte. Es blieben trotzdem Eselswege.

Ja, es war eine andere Welt, dieses Thüringen kurz nach der Wende.

Zum Schluss noch etwas zur Landschaft. Das Auge wurde belohnt über lange Strecken mit Schönheit. Doch immer wieder wie brutale Überfälle die Hässlichkeiten sogenannten Aufschwungs, den Wessi-Firmen verbrochen hatten.

Mit Stolz zeigte mir Frau L. den neu entstehenden Industriepark hinter ihrem Dorf. Ich hatte Mühe, sie auf einen hübschen grünen Weg in die entgegengesetzte Richtung zu lenken. Aber ich konnte ihren Stolz verstehen, die ersten Errungenschaften westlichen Standards vorzeigen zu können – nur ahnte sie nicht, dass ich diese nicht ebenfalls bewundern konnte, sondern abscheulich fand.

Trotzdem nickte ich dazu und lächelte.

Mir missfielen in jedem Restaurant die laute Schlagermusik, die vielen deftigen Imbissstände an den Ecken, die vermeintlich wunderbare Eroberung des westlichen Kommerz und der vielerorts zum Ausdruck gebrachte Kleingeist – es ist so, als liefen hier viele Leute in viel zu großen Filzpantoffeln herum.

Natürlich spürte ich auch das Ende meiner einwöchigen Tournee, die mich zu müde machte, mich auf Hässlichkeiten einzulassen.

War ich arrogant? Ich glaube nicht, ich kam nur spürbar aus einer anderen Welt. Und dennoch: Auf irgendeine Art waren sie mir alle sympathisch, diese Thüringer. Wahrscheinlich war ich es, die zu wenig Einfühlungsvermögen in die reale Noch-DDR-Mentalität mitgebracht hatte.

Notiz am letzten Tag im Hotelzimmer: Gleich wird ein Gewitter als angekündigte Sintflut über Thüringen herfallen. Ich gehe ins Bett und harre der Dinge, die kommen mögen oder auch nicht. Der morgige Lesungstag in der Bibliothek Klötze steht mir bevor, auf den ich mich tatsächlich freue. Die Kinder, sie können staunen. Ich kann sie verblüffen, überraschen. Ihre Herzen gewinnen. Das zählt. Und die Gastfreundlichkeit der Bibliothekarinnen mit ihren wunderbaren Kaffeeaufmunterungen. Und das heimliche Schmunzeln der einen oder anderen Lehrerin.

Morgen Mittag toure ich zurück Richtung Bonn, reich beschenkt durch neue Eindrücke und die Sympathie für Thüringen!

Kinderwagen

Geschenkgutscheine für Leseprofis, deren Vorlieben in Sachen Literatur ich nicht peinlich verfehlen möchte, sind zu Geburtstagen eine praktische Alternative.

Einen solchen wollte ich für einen Freund erwerben. Also schlug mir mein angeborener Wandertrieb einen Fußmarsch in die Metropole zur Buchhandlung meines Vertrauens vor.

Richtig geraten, jemand wie ich, die am liebsten festes Schuhwerk auf sandigem Untergrund knirschen hört, fährt weder Auto noch Fahrrad. Ich gehöre zu der vom Aussterben bedrohten Spezies, die sich gern auf Sohlen vorwärts bewegt, um die Blicke in moderatem Tempo auf Entdeckungsreisen schicken zu können.

Pech! Ballhorn & Bock, die kleine Buchhandlung am Stadtpark, hatte geschlossen.

Ich versuchte, durch die Scheibe der Eingangstür ins Rauminnere zu blinzeln, töricht hoffend, in der vorderen Buchregalauslage ein oder zwei Titelbilder meiner eigenen Veröffentlichungen zu entdecken, was jedoch schummrige Abwesenheitsbeleuchtung verhinderte. Und so wandte ich mich ab, ein wenig verstimmt.

Wann wurde hier wieder geöffnet?

Nun erst bemerkte ich den mit der Hand geschriebenen Zettel hinter der Türscheibe:

Liebe Kundinnen und Kunden,
heute heirate ich, deshalb bleibt
unser Geschäft geschlossen.
Ihre Ilma B.

Ach so. Ballhorn und Bock. Das sind die beiden Frauen, die diese Buchhandlung betreiben.

Welche von ihnen war Ilma?

Egal, diese kleine Mitteilung versöhnte, ja rührte mich. Ich sah spontan die zierliche dunkelblonde Buchhändlerin vor mir. Ilma Ballhorn. Sie war also heute auf dem Weg in ihr Glück. Hoffentlich, dachte ich.

Oder handelte es sich um Ilma Bock, die Hagere mit der schütteren Kurzhaarfrisur, die gerne Braun trug und deren Gesichtsausdruck immer etwas larmoyant wirkte? War sie die heutige Braut? Wohl kaum, bei der hatte bestimmt keiner angebissen.

Dergleichen Überlegungen verfehlten jedoch den Zweck meines Besuchs. Und da Ilma B's Hochzeit diesen vereitelte, durfte ich mir meine Zeit nun anders vertreiben.

Nicht vertreiben sollte ich die Zeit, sondern sie anderweitig nutzen, vielleicht ein nettes Café aufsuchen. Wie lange hätte mich die kleine Buchhandlung festgehalten? Mindestens eine dreiviertel Stöberstunde.

Ich könnte auch nach Hause umkehren, sechs Kilometer den See entlang zurück wandern. Der nächste Bus würde eh erst in anderthalb Stunden am ZOB – ach, wieso spare ich dieses wunderbar exotische Wort aus: Zentralomnibusbahnhof – abfahren und in meinem kleinen Wohnort halten.

Ich entschied mich für den Bus, dann konnte ich noch eine Weile im Park sandigen Grund unter meinen Sohlen spüren. Die Luft roch rein und frisch, Frühsommer, Blütenzauber von der Stadtgärtnerei liebevoll arrangiert – Seelenbalsam.

Stets sind meine Blicke auf der Suche nach Eigentümlichem, überraschend Hässlichem oder unerwartet Schönem.

Nicht das Augenfällige, sondern ganz Unspektakuläres zwischen Schatten und Licht macht von jeher den Reiz meines Wandertriebs aus. Der rote Dachgiebel zum Beispiel, der hinter erhabenen Pappeln strahlte wie untergehende Sonne. Die langsam schlendernde, gebeugte Gestalt des älteren Herrn, der mit geneigtem Kopf und in die Stirn fallendem Weißhaar lautstark Texte rezitierte.

Und dann stand da plötzlich …

Mitten auf dem Weg parkte ein Kinderwagen. Nicht irgendein beliebiger, sondern ein altertümlicher Tieflader mit Klappdach, ganz aus weiß lackiertem Korbgeflecht.

Dass ein Kind darin spazieren gefahren wurde, war so gut wie sicher, denn gerade beugte sich die Mutter zu ihm hinab, hob es heraus und nahm auf einer Bank Platz.

Aus entzückter Neugier hätte ich mich am liebsten zu ihnen gesetzt, doch das gehörte sich nicht. Also stapfte ich ein Stück über den Rasen zu einer großen Pinie, unter der herrlich heile Zapfen lagen. Zwei besonders erlesene Exemplare sollten mich nach Hause begleiten.

Nachdem die Säuglingsfütterung an der Mutterbrust beendet war und ich das niedliche Kind bewundert hatte, fragte ich nach dem Alter – nicht des Kindes, sondern des antiken Vehikels.

„Raten Sie." Die Mutter lächelte belustigt in Erwartung meiner inkorrekten Antwort.

„Sechzigerjahre?"

„Älter", sagte sie mit leisem Triumph, „ Jahrgang Neunundvierzig."

Natürlich wollte ich Details über dieses archaische Babytransportmittel wissen.

Zunächst erfuhr ich, dass die junge Frau Sabine und ihr Baby Nancy hießen. Und ich stellte mich als Christa vor.

Sabine erzählte, heute sei sie zum letzten Mal mit Nancy in diesem Kinderwagen unterwegs, denn sie müsse ihn abgeben. Leider, sie würde doch überall damit bewundert. Ein Fest war geplant, das Fest der Generationen all jener Kinder, die jemals in diesem Kinderwagen ausgefahren worden waren. Nancy sei also das letzte.

Sie berichtete, das erste aller Korbwagenkinder sei der inzwischen achtundsechzig Jahre alte Großvater Theo Hansen. Da der Oldtimerwagen nun in wohlverdienten Ruhestand versetzt werde, habe Professor Schmittke all Jene eingeladen, die darin ihre ersten Lebensmonate verbracht hatten.

„Schmittke?", fragte ich. „Literaturprofessor an der Uni Köln, der im Rahmen von Literaturaktionen auch Autorenlesungen veranstaltet?"

„Mein Großonkel."

Der Zufall überrascht doch manchmal mit denkwürdigen Begegnungen. Ich war ein paar Wochen zuvor von ihm zu Autorenlesungen in Kölner Grundschulen eingeladen worden.

Sie sah mich mit großen, strahlenden Augen an. „So ein Zufall! Sie sind also Kinderbuchautorin und kennen meinen Onkel. Dann sind Sie Diejenige, die er noch einmal einladen will, und zwar ganz privat. Sie spielen doch Gitarre?"

Es stellte sich heraus, dass er mich als Unterhalterin und Mitgestalterin für das Fest der ehemaligen Korbwagenkinder einladen wollte, als temperamentvolle Geschichtenvorleserin, die obendrein ihre Lieder und ihr Instrument mitbringen würde!

Wenige Tage darauf rief mich der Professor wirklich an, er würde sich riesig freuen, wenn ich ihm den Gefallen tun würde, denn meine interaktiven, temperamentvollen Events hätten große Resonanz in den Schulklassen gefunden.

Ein kleiner Hochzeits-Ankündigunszettel war also maßgeblich daran beteiligt, dass ich eine Woche später ein lustiges Mitmachprogramm in diese Festgesellschaft trug. Und die bestand aus vielen Erwachsenen und Kindern: 46 Männer, Frauen, Jungen, Mädchen, die in diesem Kinderwagen erste Spazierfahrten erlebt hatten, waren nahezu vollständig der Einladung auf die große Wiese hinter dem Privathaus des Professors gefolgt, mitsamt dazugehörigen Familienmitgliedern.

Es wurde ein herrlich fröhliches Wiedersehens- und Kennenlernfest.

Am Ende fragte ich den Professor, ob ich die Geschichte dieses Kinderwagens aufschreiben dürfe.

Er schüttelte den Kopf. „Wir haben bereits einen Autoren, der das übernommen hat. Micha, komm mal her."

Ein blonder, etwa elfjähriger Stoppelkopf begrüßte mich scheu. In der Hand hielt er ein paar zerknitterte Zettel.

Es wurde um Ruhe gebeten. Dann las Micha 46 Namen vor, die jeweilige Jahreszahl und den Ort ihres früheren Aufenthalts in diesem Kinderwagen.

Während Nancy in einem neuen modernen Wagen vor sich hin strampelte, trat jeder und jede Aufgerufene an den alten mit bunten Girlanden geschmückten Wagen und legte ein Geschenk hinein.

Nach diesem Spektakel übernahm Micha noch einmal die Moderation.

„Danke, du alte Kinderkutsche. Du hast 'ne Menge Babys lachen gehört oder schreien. Eine ganze Menge Schnuller sind auch mit dir mitgefahren. Und jetzt sind die Babys alle, außer Nancy natürlich, zu groß und manche schon sogar richtig alt. Das würde auch komisch aussehen, wenn man die nochmal drin spazieren fahren würde. Jetzt sollst du aber nicht auf den Sperrmüll oder so. Jetzt hast du deinen Bauch voll toller Babysachen. Und die kriegen jetzt andere Kinder. Welche, die sonst selber zu wenig schöne Sachen hätten. Dafür sollst du ab jetzt da sein, haben wir nämlich alle beschlossen. Und ich hab auch mal in dir gelegen, aber da kann ich mich mehr dran erinnern. Applaus für den tollen Wagen, der jetzt in Rente geht!"

Micha hatte den von ihm selbst verfassten Text von seinem Zettel abgelesen. Alle waren gerührt, und ich kann nichts anderes sagen, als dass ich diese originelle Vorstellung mit großer Bewunderung für eine wunderbare familiäre Idee tief in meinem Herzen aufgenommen habe.

Übrigens – den Gutschein für mein Geschenkbuch holte ich zwei Tage nach der Hochzeit in der Buchhandlung ab.

Die magere Ilma Bock war inzwischen Ehegattin. Sie lud mich anlässlich ihres frischen Glücks zu einem Kaffee und selbstgebackenem Kirschkuchen inmitten der vielen Bücher ein, unter denen ich auch vier meiner eigenen entdeckte.

Sie erzählte mir von ihrem Hochzeitsfest. Und ich schilderte ihr die Erlebnisse mit einem Kinderwagen, in dem man gut in Zukunft Bücher spazieren fahren und an das junge Lesevolk verteilen könnte.

Zurück nach Hause wanderte ich, bewunderte farbenprächtige Mandarinenten auf dem See, die im Kopfstand ihre Hinterteile reckten. Auch die Frau mit dem lang wallenden Haar, die an der Leine ein kleines undefinierbares Hundeexemplar führte, rund wie ein Hefekloß kurz vorm Platzen. Natürlich auch den in Geäst gefangenen giftgrünen Luftballon, der um seine aufgeblasene Existenz zappelte.

Und ich dachte: Das alles sind kleine Geschichten, zumindest Schmuckwerk dafür, das ich im Kopf sammeln wollte. Oder in einem Kinderwagen.

Vielleicht durfte ich mir diesen Oldtimer sogar als Attraktion für meine nächste Leseveranstaltung ausleihen? Schließlich gab es dazu eine wunderbare, erzählenswerte Geschichte.

Berlin-Schauplätze

Ein Tag voller Gäste

Ausgerechnet auf einen Sonntag musste Heiligabend fallen! Mutti runzelte schon früh am Morgen die Stirn, denn sonntags ging Vati zu *SCHULLE*, komme was wolle.

Absolut verlässlich mit von der Partie waren Vatis Anglerkumpel August und Sigmund, dazu der einbeinige Mustafa, der aus unerklärlichen Gründen Mustafa hieß, obwohl er ganz und gar deutsch war. Nur sein fehlendes Bein war im Hitlerkrieg russisch geworden.

„Herbert", sagte Mutti mit Unmutfalte über den Augen. „Um halb eins bist du zum Essen zurück, auch wenn es bloß Linsensuppe gibt."

Mein Vater gab ihr einen Kuss, den sie gleich abwischte. „Elschen, bin ich jemals unpünktlich gewesen?"

„Nicht unbedingt", sagte Mutti trocken. „Bloß meistens ziemlich angetütert."

SCHULLE, so hieß die Kneipe im Erdgeschoss einer Berliner Vorstadtvilla, in die es Vati seit Kriegsende zum obligatorischen Sonntagsfrühschoppen zog. Sie war drei Ecken entfernt in der Nähe einer Ami-Kaserne, mitten im Amerikanischen Sektor unserer viergeteilten Nachkriegsstadt.

Wir, die Familie Wauschke, wohnten in einer Mansardenwohnung, die zu einem Siedlungskomplex der Post gehörte. In den meisten anderen Wohnungen waren stationierte US-Soldaten mit ihren Familien einquartiert.

An jenem Heiligabend, dem vierten oder fünften nach Kriegsende, bestand Vati also sonntagsgemäß darauf, sich bei *SCHULLE* mit unseren Nennonkeln August, Sigmund und Mustafa Kriegserfahrungen von der Leber zu schwemmen. Klug vorausschauend, hatte Vati den Tannenbaum am Abend vorher mit Kerzen und bunten Zuckerkringeln geschmückt und mit reichlich Lametta beworfen. Denn das war traditionell seine Aufgabe.

Weil er Mutti nun mit allen übrigen Weihnachtsvorbereitungen im Stich ließ, bestimmte sie: „Tobi nimmst du aber mit! Der wuselt mir bloß zwischen den Beinen rum."

Tobi war unser schwarzer Schnauzer. Den hatte uns die in die Staaten zurückgekehrte Familie Cushing vermacht, obwohl Mutti diesen kläffenden Nachlass kein bisschen hatte erben wollen. Ich war mit den Cushing-Töchtern Beverly und Lerikey befreundet und damit auch mit Tobi, den ich öfter Gassi führen durfte.

Gegen Muttis Proteste hatten wir dank Vatis Unterstützung aber gewonnen, weil auch er nur zu gern mit dem Hund rausging. Seine Spaziergänge mit Einkehr bei *SCHULLE* waren dem Hund vertraut, und als Mutti Tobis Namen aussprach, sprang er in den Flur und kam freudig kläffend mit der Hundeleine angezottelt.

Danach veranstaltete Mutti die übliche Weihnachtshektik: „Loni, steh nicht im Weg rum, mach wenigstens *du* dich nützlich!"

Ich fand es sehr nützlich, meine Weihnachtsgeschenke hübsch zu verpacken: für meinen älteren Bruder Josef mühsam gestrickte Ringelsocken aus aufgeräufelter Pulloverwolle. Meine Freundin Eva bekam drei kunstvoll ausgeschnittene Schneeflocken aus Zigaretten-Silberpapier, die ich in einen roten Schuhkartondeckel als Rahmen geklebt hatte. Dann wickelte ich Vatis Schlips in Butterbrotpapier mit aufgemalten Sternchen. Ich hatte ihn aus einem alten Sofakissenbezug geschneidert. Leider war er zu kurz geraten, aber das machte nichts, Vati trug Krawatten sowieso nur an Hochzeiten und Beerdigungen, und davon stand momentan nichts an.

Zu guter Letzt bügelte ich das Taschentuch für Mutti auf, das ich aus der heilen Ecke eines alten Bettlakens genäht und mit feinem Garn umhäkelt hatte. Alle meine Weihnachtsgeschenke hatte ich in der Handarbeitsstunde bei Frau Ohm hergestellt, die das Motto vertrat: aus Alt mach Neu.

Dass Mutti ihr Geschenk in meinem Nähkörbchen schon ent-deckt hatte, war nicht tragisch, sie hatte sofort die Augen zuge-macht: „Lonchen, ich habe nichts gesehen."

Lonchen rief sie mich, oder Loni, obwohl ich auf den Namen Ilona getauft war. Aber so wollte ich auf keinen Fall genannt wer-den. Ich kannte eine ganz blöde Ilona, ein Flüchtlingskind aus Ostpreußen. Sie lebte in einer gammeligen Garage mit zwei Ge-schwistern, Oma und Mutter. Der Vater war im Krieg gefallen. Dass Ilona doof sei, sagten die meisten aus meiner Klasse, weil sie Pickel im Gesicht hatte, komisch sprach, müffelnde Sachen und Schuhe ohne Schnürsenkel trug. Also fand ich sie auch doof.

Die Feststimmung nahm ersten Anlauf, als es anfing zu duften. Mutti backte die letzten Kokosplätzchen. Dann schnippelte sie Pellkartoffeln, denn Kartoffelsalat gab es jede Weihnachten an Heiligabend, diesmal sogar mit echten Buletten. Die im letzten Jahr waren bloß Mais-Bratlinge. Im RIAS liefen Weihnachtslie-der, Mutti summte mit. Josef in seinem winzigen Zimmer, das eigentlich eine Abstellkammer war, übte auf der Geige „Stille Nacht ..." Man konnte die Melodie fast schon erkennen, nur beim hohen Ton von himmlischer Ru-hu sägte der Geigenbo-gen das Instrument mitten durch.

„Hallo, ihr Lieben!", rief es um ein Uhr von der Eingangstür her. Das war Vati, eine halbe Stunde unpünktlich.

Onkel Sigmund tauchte hinter ihm auf, und schließlich schlepp-te sich Onkel Mustafa auf seinen beiden Krücken in unsere Mansardenwohnung.

„Ick hab noch jemand mitjebracht", verkündete Vati vergnügt.

„Seh ich selber", sagte Mutti ohne jede Spur Begeisterung.

Onkel Mustafa brummte: „Ick kann ja wieder jehn."

Onkel Sigmund legte den Arm um Mutti. „Nu mach mal nich so'n Jesicht, Els-chen."

Schmatz, da hatte sie einen Kuss von ihm sitzen, nicht auf der Backe, sondern dick auf dem Mund, und darüber lachten sich die Männer scheckig.

Seinen Kuss wischte Mutti nicht ab, legte aber ihren Mund in Ihrseidwohlverrückt-Falten.

„Essen die mit uns?", fragte ich.

Mutti grunzte: „Sieht ganz danach aus. Aber der Kartoffelsalat bleibt für heute Abend. Jetzt gibt's bloß ..."

„... Suppe", ergänzte Vati und wollte die Kartoffelsalatschüssel trotzdem auf den Tisch heben, doch Mutti entriss sie ihm.

Da Linsensuppe kaum bemerkenswerte Begeisterungsstürme hervorrief, zumal Mutti sie mit Maggibrühe verlängerte und wir uns die Würstchen denken mussten, erklärte ich mich bereit, Rühreier zu fabrizieren. Mit Mehl angedickt, reichten sie für alle, dazu brühte ich starken Malzkaffee auf, denn echte Bohne war in der Nachkriegszeit Mangelware.

Als wir dann alle am runden Küchentisch Suppe und Stulle mit Ei aßen, sagte Onkel Sigmund: „Dieser arme kleene Kerl."

Vati seufzte. „Wirklich Kinder, wat ham wir's doch jut."

„Wieso?", fragte Mutti. „Von wem redet ihr?"

„Von dem Burschen bei Schulle, der da Rotz und Wasser heult. So'n janz jung'scher Amisoldat. Is bestimmt dit erste Mal Weihnachten von zu Hause weg."

„Hat der etwa Jrund zum Heulen?", ätzte Onkel Mustafa. „Wenn se dir dein Been abschießen, du nich weg kannst und weeßt nich, ob de jemals wieder rauskommst, dann kannste heulen."

„Jetzt bist du aber hier", sagte Mutti streng zu Onkel Mustafa.

„Und was weiter?", fragte Josef.

„Mit meen Been?" Onkel Mustafa zog bitter ironisch die Mundwinkel runter. „Ick hab's verloren, irgendwo bei Smolensk. Vielleicht hat's eener jefunden."

„Immer ihr mit eurem Krieg", unterbrach Josef genervt. „Ich meine, was ihr mit dem Ami-Soldaten jemacht habt."

Onkel Mustafa sah Vati an. „Wat soll'n wa jroß jemacht haben? Ne Molle ham wa dem spendiert."

Onkel Sigmund hakte misstrauisch nach: „Josef, wie meenst'n dit, wat wa mit dem jemacht haben."

„Na, wieso ihr den nicht mitjebracht habt", sagte Josef.

„Sowas fehlte mir grade noch", erhob Mutti ihre Stimme. „Drei bierselige Kerle und einen dazu, der Heimweh hat. Nee danke."

Ich sah mich um. „Wo ist eigentlich Tobi?"

„Na, der war doch eben noch ...", murmelte Vati. „Könnte schwören, der ist vor uns die Treppe ruff ..."

Es stellte sich raus, dass Vati irrte.

Mutti schob mich aus der Küche. „Loni, du gehst suchen."

„Immer ick", moserte ich. „Vati hat nicht aufjepasst, also kann er selber ..."

Muttis strafender Blick verriet, dass sie das für eine weniger geeignete Idee hielt.

Da Josef einige Talente besaß, zum Beispiel im Ausreden erfinden, betonte er, er müsse sowieso Geige üben, was sogar mich überzeugte.

Ich ging also allein los, rief durch unsere Straße und in alle Einfahrten laut nach Tobi, bis mir ein Blitzgedanke sagte: Den hatten sie bei *SCHULLE* vergessen.

Genauso war es. Tobi saß bei Onkel August und einem uniformierten US-Soldaten am Tisch. Der Typ hatte rot verquollene Augen und Tobi auf seinem Schoß. Er fütterte ihn mit Salzstangen.

„Tobi", fauchte ich. „Kommst du wohl hierher!"

Tobi hob gelangweilt ein Ohr und rührte sich nicht.

Onkel August sagte: „Reech dich nich uff, Lonchen, den hätt ick euch schon noch jebracht. Aber Mike braucht ihn als Seelentröster, dit siehste doch."

Mike, so hieß er also, der von Heimweh geplagte Soldat aus den Staaten, dessen Name sich wie Meik aussprach.

„Ich soll Tobi aber holen", gab ich zu verstehen.

„Hm." Onkel August wandte sich an den Uniformierten. „Pardon, Mister Mike ... the dog must go home, Mama äh, na die schimpft."

Er konnte nicht gut Englisch, doch Mike verstand auch so und wollte Tobi vom Schoß heben, der jedoch knurrte, weil er noch mehr Salzstangen haben wollte.

„Denn jehn wa eben alle." Onkel August erhob sich. „Komm Mike, my friend, wir bringen doggy nach Hause."

So kam es, dass unsere Küche noch voller wurde, Mutti was von „Frühschoppen sollte man gesetzlich verbieten" nuschelte, dem US-Mike mit den verheulten Augen sowie allen anderen kräftigen Bohnenkaffee servierte, den sie eigentlich für den ersten Feiertag reserviert hatte. Sie rückte sogar schon einen Teller Plätzchen raus.

Um halb drei kam Onkel Mustafas Frau rüber, die Tante Martha, weil sie ihre bessere Hälfte vermisste. Zuerst meckerte sie ein bisschen rum, aber dann quasselte auch sie sich in unserer Runde fest.

Später mischten wir eine zweite Schüssel Kartoffelsalat, ohne saure Gurken, die waren alle. Ausnahmsweise half auch Josef mit und würfelte Zwiebeln und einen schrumpeligen Apfel. Die Bouletten schnitten wir in mit Petersilie garnierte Scheiben, das sah nach mehr aus.

Mike zeigte uns Fotos vom rasanten Chevrolet seines Daddys, in dem er zu Hause in Manhatten selber zwischen Wolkenkratzern herumkurven wollte, sobald er wieder zurück sein würde.

Wir fragten und antworteten mit Händen, Füßen und Grimassen, spielten Memory und Kanaster. Mike schenkte uns Kindern Kaugummi und sang abends mit uns vorm lichterglänzenden Weihnachtsbaum ‚Stille Nacht, heilige Nacht'. Das heißt, bei ihm klang es anders, nämlich wie Holi Neit, und schließlich sangen wir alle auch auf englisch ‚holy night', unterstützt von Josefs Geige.

„Jetzt kiekt euch diese raffinierte Töle an!", kicherte Mutti plötzlich los, als sich der Tannenbaum leicht zur Seite neigte, weil Tobi dran zottelte. Er hustete. Klammheimlich hatte er die

Zuckerkringel von den unteren Zweigen abgefressen und sich an einem Aufhängefaden verschluckt.

An diesem Heiligabend blieben wir zusammen. Tante Martha schleppte noch alles Mögliche zum Futtern ran. Unsere spärlichen Geschenke waren fast Nebensache.

Mutti machte Mike später ein Bett auf dem Wohnzimmersofa zurecht, denn Onkel Sigmund hatte zwischendurch noch eine Ladung Weinflaschen spendiert, von denen um Mitternacht sämtliche alle waren. Unser Kirchgang am ersten Feiertag stand sowieso erst für zehn Uhr an, und bis dahin würden ja alle wieder bei nüchternem Verstand sein.

Ein Jahr danach fiel Heiligabend auf einen Wochentag. Wir bekamen einen Brief von einem Mike Greenway aus Manhattan.

„Dear family Wauschke."

Liebe Familie Wauschke ... das waren eindeutig wir.

„Gebt her", sagte Josef. Er hatte inzwischen das dritte Jahr Englischunterricht und übersetzte stockend: „Ich erinnere mich gern an das letzte Jahr in Eurer Familie. Es war das lustigste und netteste Weihnachtsfest, das ich je erlebt habe. Eure Gastfreundschaft und Fröhlichkeit hat mir – has been delicious ... haben wir irgendwo ein englisches Wörterbuch?"

Alle hingen wir an Josefs Lippen, und auf einmal hatten wir diesen Weihnachtstag wieder vor Augen: vier beschwipste Anglerkumpel, dazu Onkel Mustafas Frau und ein kleiner, später gar nicht mehr verheulter US-Soldat, der nach einer halben Stunde schon herzhaft lachte, genau wie alle anderen.

Dass Mike an uns gedacht hatte!

Wir beschlossen, unserem Ami-Freund einen lustigen Brief zurück zu schicken.

Gleich nach der Bescherung.

Oder gut ausgeschlafen morgen, am ersten Feiertag.

Na ja, spätestens zum Neuen Jahr.

Aber ... irgendwann hatten wir es vergessen.

Falsche Schlange

Wissen Sie, ich kann nicht gerade behaupten, dass ich sie mochte. Sie war voller Seltsamkeiten.

Ihre merkwürdig exotische Aussprache wirkte auf mich kauzig, weil sie das Rrrr über die Zunge spulte, als müsse sie was ausspucken, um sich nicht zu verschlucken. Dazu kam ihr österreichischer Akzent mit Betonungen, die nach meinem Sprachempfinden an andere Stellen des Satzgefüges gehörten.

Im Unterricht konnte ich darauf warten, dass sich im Laufe längeren Sprechens in ihren Mundwinkeln kleine Spuckebläschen bildeten. Wie die aufmerksamste Schülerin starrte ich darauf, gespannt, wann sie endlich platzten, erst die eine, dann die nächste.

Brachen wir über irgendetwas in Klassengekicher aus, versetzte sie das in Argwohn. Mit spaßigen Bemerkungen war bei ihr schon gar nicht zu punkten. Nüchtern konstatiert: Sie war humorlos.

Ihre Unterrichtsfächer waren Musik und Englisch. Ihre *pronunciation of the English language* klang, als scharrte ein Huhn im Sand. Sorry, aber ich konnte das besser, ich wuchs im Amerikanischen Sektor Berlins mit amerikanischen Freundinnen auf.

Sie hieß Schießpulver.

Nicht ganz. Nur unter uns. Pisczulla, das war ihr Name, aber in dieser rückblickenden Geschichte bleibt sie für mich *Schießpulver*.

Frau Pisczulla alias Schießpulver besaß eine einfach gestrickte Herangehensweise an den Musikunterricht: Sie versorgte unsere Mädchenklasse der Oberschule Praktischen Zweiges, welche nach dem 9. Schuljahr endete, mit österreichischem Liedgut, das zum großen Teil mit deutschem identisch ist und auf jeden Fall nachhaltig wirkte. Zumindest bei mir. Mit gefühlt hundert Wind-Wetter-Wander-Weltschmerz-Ohrwürmern mutierte ich im Laufe meiner Schulzeit selbst zum wandelnden Volksliederbuch.

Zwei- oder dreimal durften wir ein Zufalls-Instrumentarium von zu Hause mitbringen und Geige, Mundharmonika, Flöte, Trompete, Cello, Triangel, Akkordeon nach Schießpulvers Takt- und Tonartgebung aufeinander einstimmen. Das Ergebnis klang meisterhaft polyphon und bereitete uns großes Vergnügen.

Dabei fiel ich mit meiner C-Blockflöte auf, die korrekte Hoheit behielt über die kunterbunte Schrägstimmigkeit des Klassenorchesters. Auch zog mein klarer Sopran Schießpulvers Aufmerksamkeit auf sich, zumal ich zu jeder Melodie spontan eine zweite Stimme modulieren konnte.

Zu Hause übte ich mit Hingabe, meinen Flöten besondere Klangschönheit zu entlocken. Ich beherrschte sie bald alle: Sopran-, Alt- und Tenor-Blockflöte. Das Spielen hatte ich mir ohne Unterricht selbst erobert. Angefangen hatte es, nachdem meine Tante Helene mir als siebenjährigem Mädchen ein schwarzes Kunststoffinstrument aus einem Nachkriegsfundus für Flüchtlinge mitgebracht hatte – eine Tute, wie sie meinte.

Es wurde mein liebstes Spielzeug.

Eines schönen Schulmorgens verfiel Schießpulver auf die Idee, ich solle unbedingt das nächste Schulfest mit meinem Flötenspiel bereichern; selbstverständlich setzte sie voraus, ich werde ihr diesen Gefallen tun. Als zweite Flötenspielerin sollte Doris Dingelstedt aus der 8 b meine Duett-Partnerin werden.

Sie wurde krank, sagte ab. Wollte ich sofort ebenfalls, doch Schießpulver erhob Einspruch. „Da gibst halt a Solo zum Besten."

Bei der Vorstellung einer Horde Schulklassen als Publikum packte mich panisches Lampenfieber. Zum deutlichen NEIN aber viel zu feige, hatte ich mich unwiderruflich von Schießpulver überreden lassen.

Den akuten Anlass gab die feierliche Verabschiedung der beiden 9. Oberschul-Abschlussklassen, auch meine eigene, zu der alle Schülerinnen und Schüler ab dem 8. Schuljahr mit Eltern, Geschwistern, Lehrerinnen und Lehrern sowie dem Rektor die Aula bevölkerten.

Zwischen langen Vor- und Festreden begleitete Schießpulver auf dem Klavier einige Lieder zum allgemeinen Mitsingen. Dann kündigte sie meinen Auftritt an.

„Lassen wir uns überraschen, welches Flötenstück die Chriiista für uns ausg'sucht hat."

Mir rutschte das Herz unter die Gürtellinie. Ich fürchtete, vor Angst den einfachsten Ton zu verzittern. Doch ein Zurück gab es nicht, und mit Glibber in den Knien erklomm ich die Bühne.

Dort oben wurde ich spöttisch bis gelangweilt beäugt, hörte Tuscheln und abfälliges Kichern. Blockflöte lernten ja schon Erstklässler.

Ich schloss einfach die Augen.

Sobald ich mein Instrument in Händen hielt und vertraute Löcher unter den Fingerkuppen fühlte, war ich allein damit, unbeobachtet, längst mit einer guten Moeck.

Ich sog tief den Atem ein. Ließ einen sanften Ton allmählich intensiver anschwellen, während ich ihn in Gedanken als Anlauf zu einer Melodie entwarf. In meinem Kopf lebten Partikel anderer Musikstücke, Beethoven, Bach, Mozart. Ich mischte Ähnliches, dann modulierte ich, was mir in Sinn und Finger geriet, hörte innerlich voraus, wie sich Passagen und Läufe entfalteten, ließ sie springen und perlen, formte einen schönen Klang mittels Resonanzraum der Mundhöhle, Zungenstellung, des Atemflusses.

Das gab mir entgegen schlimmsten Befürchtungen Sicherheit, mir und meiner Moeck, alles fügte sich aus augenblicklicher Intuition, und ich hörte meiner Improvisation zu wie einem fremden Solisten.

Applaus holte mich zurück in die Aula. Hatte ich drei, fünf oder sieben Minuten gespielt? Ich klappte die Augen auf. Mein Spiel schien gefallen zu haben!

Strahlend stellte sich Schießpulver neben mich und hob die Hand, um das Geklatsche zu beenden.

„Ja schaut's amal alle her, die Chriiista mit ihren wunderschönen Blockflöten." Sie wandte sich an mich. „Jetzt verrat uns noch, was du da gespielt hast?"

Ich guckte irritiert, zuckte die Achseln.

„Ich meine, welches Stück. Von wem war das."

„Von mir."

„Na", sagte Schießpulver, „ich meine, von welchem Komponisten."

„Von gar keinem. Das hab ich mir ausgedacht."

Sie lachte ungeduldig, im Saal wurde es zappelig. „Nun gut, sie mag es uns nicht verraten."

Schießpulver zog mich am Ellenbogen in die erste Reihe auf einen Sitz und fauchte leise: „Was ist denn in dich gefahren – ausgedacht, aber geh! Da hast du mich ja schön blamiert."

Oh. Blamiert hatte ich sie.

Eiswasser über mein Haupt. Ich war eine Angeberin, die fremde Federn für eigenen Schmuck ausgab. Wut, auch Scham, mich dort oben produziert zu haben, stiegen in mir auf. Meinem Instrument konnte ich entlocken, was immer mir selber einfiel, ich musste mir keinen Komponisten-Namen anziehen!

Schießpulver äußerte noch einmal ihre Enttäuschung und nannte mich eine psychisch Verklemmte.

Womit sie in gewissem Maße nicht ganz unrecht hatte.

Nach Ende des 9. Schuljahrs wechselte ich auf die Wirtschaftsschule Steglitz und hatte Buchführung, Betriebswirtschaft, Wirtschaftsrechnen und Amerikanisches Journal zu lernen – mit geringem Erfolg, weil ich darin weder begabt war noch es mich interessierte.

Zum Glück gab es auch Fächer, in denen mir gute Noten zuflogen: Deutsch, Englisch, Musik, Schreibmaschine, Stenografie sowie ein beachtlich guter Schulchor, in dem ich aktiv war. Begeistert initiierte ich bald auch eine Schülerzeitung mit.

Schießpulver gehörte schon einige Monate der Vergangenheit an, als ich sie zufällig wieder traf. In Berlin-Steglitz warteten wir an derselben Bushaltestelle, es regnete.

„Ach, die Chriiista, ja sag amal, wie geht es dir? Was machen deine Flöten?"

Ich erzählte, wie intensiv ich spielte und meine Technik immer weiter verfeinerte. Dass ich es allein für mich zum Abtauchen in meine innere Welt tat, verriet ich nicht.

Bevor ihr Bus eintraf, bat sie mich um meine Telefonnummer, die sie hinten auf ihren Fahrschein kritzelte.

Ein paar Tage später rief sie mich an. „Hättest du übernächsten Donnerstag Zeit? Um fünf Uhr bei mir zu Hause in Zehlendorf? Es kommen noch eine Geige und ein Cello. Dazu würde deine Altflöte passen. Magst du? Wir spielen zusammen, ganz ohne Publikum, einfach so zum Spaß."

„Ja, mach ich gern", sagte ich. „Danke für die Einladung."

„Ach", fügte sie hinzu, „ich steige jeden Tag um dieselbe Zeit hier um. Bist du auch wieder amal da? Dann kann ich dir etwas mitgeben."

„Dienstags und donnerstags", ließ ich sie wissen. „Wir können uns gleich morgen treffen."

Am nächsten Tag standen wir wieder gemeinsam im Wartehäuschen der Busstation.

„Da hab ich dir was mitgebracht." Sie reichte mir zwei Notenbücher.

Im selben Moment wurde mir bewusst, dass nicht irgend etwas Freies gespielt werden sollte, sondern ein Quartett mit Klavierbegleitung von Josef Haydn.

Ihr Bus traf ein, ich wartete auf meinen in die andere Richtung, blätterte in Notenakkuladen, die ich nicht lesen konnte. Mich hatte ein eisiger Schreck gepackt: Ich verstand nichts von diesen Hieroglyphen, und hätte ich davon vorher gewusst, hätte ich sofort abgesagt.

Meine Versuche zu Hause, daraus schlau zu werden, geschweige denn meinen Part zu lernen, scheiterten, zumal ich niemanden kannte, der es mir so schnell hätte beibringen können.

Was blieb mir anderes übrig, als abzusagen, kurzfristig krank zu werden? Weiter nichts als spontan Ausgedachtes oder vorher Gehörtes konnte ich spielen! Noch einmal würde ich Schießpulver nicht blamieren wollen.

Erst auf den letzten Drücker krächzte ich in den Telefonhörer, ich läge mit Grippe im Bett.

„Sehr schade, Chriista", bedauerte sie. „Dann a andermal. Behalte die Noten ruhig. Erst werde gesund."

Scheinbar hatte ich das Problem hinter mir. Und vielleicht wäre die Situation glimpflich verlaufen, hätte der Zufall für uns nicht manchmal plötzliche Verquickungen von Pechsträhnen vorgesehen: Sie lief mir gleich am nächsten Tag in der Florastraße, direkt vor der Schule, über den Weg, genauer, sie kam mir entgegen mit einem vollen Einkaufskorb – der Markt war in der Nähe.

Wie vom Donner gerührt baute sie sich vor mir auf. „Sooo ist das also. Hast mich angelogen." Wut und Hass funkelten aus ihren Augen. „Lässt mich also aufsitzen! Duuu falsche Schlange!"

Ich brauchte nichts zu erklären, sie drehte sich auf dem Absatz um, und schimpfte noch im Weitergehen: „Aber die Noten, die schickst du mir grad zurück! Da find ich noch jemand, der nicht so verlogen ist wie du!"

Es war schrecklich. Ich war am Boden zerstört. Warum erklärte ich nicht einfach: Aber ich kann keine Noten lesen! Ich kann bloß improvisieren!

Dass ich eine besondere Begabung besitze, zumal mit absolutem Gehör, erfuhr ich erst viel später durch andere Musikkundige: große Merkfähigkeit für Musik, die ich selbstverständlich aus dem Gedächtnis spielen konnte, und spontanes Improvisieren, viel später und dilettantisch schön auch auf dem Klavier.

Von der Scham über mein Unvermögen, Noten zu entziffern, konnte ich Schießpulver nichts mehr beichten, denn unsere Wege kreuzten sich nie wieder.

Aber selbst dann, schätze ich, wäre mir meine befreiende Häutung aus der verlogenen, falschen Schlange nicht vergönnt gewesen.

Frau Karschunkes Fest

Die alte, knochendürre Frau Karschunke fühlte sich als Herrscherin unseres Hinterhofs. Sie führte das Regiment über alle, die hier wohnten, sogar über den Hauswart Gregor. Ihr Thron war das Küchenfenster im ersten Stockwerk.

Bei sonnigem Wetter stellte sie den Käfig mit ihrem Kanarienvogel Hansi ans offene Fenster. Ein Sofakissen packte sie daneben und ihr Oberteil obendrauf, denn eine Regentin muss auf dem Laufenden sein, was in ihrem Reich vor sich geht.

Beim Regieren rauchte sie stets Zigarillos und hustete, dass die Wände im Hofkarree schepperten. Ihr fast kahler Kopf saß auf einem mageren, faltigen Hals, aus dem sie heiser ihre Befehle krähte. Und so unwahrscheinlich es klingt – die meisten Hinterhausbewohner zollten ihr Respekt.

Willi, Jakob und ich gehörten nicht dazu. Wir Jungs riefen, wenn sie meckerte: „Karschunke, Karschunke quakt wie'ne Unke!"

„Wartet, ihr Mistkerle!", wetterte sie dann. „Lasst mich bloß runterkommen."

Meine Mutter ermahnte mich oft: „Martin, untersteh dich, die alte Frau zu ärgern!"

Doch genau *das* bereitete uns ein Höllenvergnügen.

Frau Karschunke war auch superleicht zur Weißglut zu bringen. Wir brauchten nur mit den Fahrrädern im Hof rumzujuckeln und ein Hupkonzert zu veranstalten. Oder den Fußball gegen die Hauswand unter ihrem Küchenfenster zu kicken. Oder hinter die Müllkästen zu pinkeln. Dann war sie in ihrem Element, kriegte Husten und zeterte: „Verdorbenet Jörenpack, ick werde bei eure Eltern jehn!"

Und wir gackerten natürlich: „Karschunke, Karschunke … "

Obwohl sie uns als freche Rotzlöffel beschimpfte oder anderen Hausbewohnern wie eine Feldwebelin Befehle erteilte, feierte sie jedes Jahr am 13. September mit allen *ihr* Fest. Es war schon Tradition.

Da ihre Wohnung zu klein dafür war, lud sie jeden, der Lust hatte, in den Hof ein, und viele, viele, kamen. Die Nachbarn schleppten Klappstühle, Fressalien und Geschenke ins Freie. Frau Karschunke war trotz ihrer zickigen Art nicht unbeliebt. Sie galt als Berliner Original, das Leben in unseren Hinterhof brachte.

Der Hauswart Gregor schloss an ihrem Ehrentag sogar das Zauntor des kleinen Rasenquadrats mit dem Kastanienbaum auf, wo wir Kinder sonst nie spielen durften. Frau Karschunke zog sich sonntagsfein an und spendierte den Erwachsenen Orangenlikör und süßen Wein, und jedes Jahr backte Frau Jellowei aus der dritten Etage zwei große Bleche Streuselkuchen.

Für ihren Geburtstag galt zwischen Frau Karschunke und uns Kindern ein unausgesprochenes Waffenstillstandsabkommen: Wir ärgerten sie nicht – dafür durften wir mitfeiern.

Vergangenes Jahr, ein paar Tage vor dem Fest, hörte ich nachmittags plötzlich einen Riesentumult im Hof und flitzte ans Fenster. Wenn es unten krachte, gab Frau Karschunke garantiert eine Spezialvorstellung für alle Hausbewohner.

Und richtig. Breitbeinig hatte sie sich vor den Müllkästen aufgepflanzt und ließ eine Schimpfkanonade los.

Innerhalb weniger Sekunden hatte sie jede Menge Publikum.

„Nu kieken Sie sich diese Schweinerei an!" Sie deutete auf die grauen Tonnen, aus denen oben der Abfall quoll und zum Teil am Boden lag.

Gleich darauf stand meine Mutter mit ein paar anderen Frauen bei ihr, und es gab eine lautstarke Diskussion.

„Diese Studenten schmeißen ihren Dreck doch absichtlich daneben. Möchte nicht wissen, in wat für'm Saustall die hausen. Übrigens …" Frau Karschunke kniff die Augen zusammen „… die füttern ja nachts ooch heimlich die Tauben."

Die Nachbarinnen verzogen empört die Gesichter. Hinterhoftauben galten als Ungeziefer, das Hauswände verdreckte, Krankheiten übertrug und sich vermehrte wie die Ratten.

„Den Jungs muss mal eener ordentlich Bescheid jeben", rief Frau Jellowei.

Frau Karschunke schüttelte energisch den Kopf. „Dit nützt ja nischt. Wir sollten beim Hauseijentümer jehn. Der hat doch keen' Schimmer, wat für Läuse der sich da in den Pelz jesetzt hat."

Niemand außer mir bemerkte den Studenten, der aus der Haustür trat. Es war Herr Mai aus der Wohngemeinschaft über uns. In der Hand trug er eine Abfalltüte.

Die Frauen sahen ihm feindselig entgegen.

„Is' was?", fragte er.

„Wat soll sein?" Frau Karschunke verzog spöttisch den Mund. „Wir reden jrade von dem Dreck, den ihr hier macht."

Herr Mai guckte verdattert. „Wie bitte?"

Ich brüllte aus dem Fenster: „Und über die Tauben, die ihr nachts heimlich füttert!"

„Tauben?" Herr Mai fing lauthals an zu lachen. „Aber klar füttern wir die! Arme Studenten wie wir mästen sich Tauben. Na, die grillen wa uns und saufen 'ne Menge Bier dazu."

„Dit is doch die Höhe!", krächzte die Königin der Mülltonnen und stemmte die Arme in die Hüften. „Diesen Ton, Sie frecher Lümmel, den verbitte ick mir. – Wat machen Sie da mit Ihre Tüte? Nee, nee, nee!"

Sie riss den Arm von Herrn Mai zurück, der gerade den Hügel auf einer der Tonnen noch ein Stück wachsen lassen wollte.

„Aber wo soll er denn sonst mit hin?", wandte meine Mutter ein.

Frau Karschunke krempelte die Ärmel hoch. „Da musst man sich bloß zu helfen wissen!" Sie kletterte auf den äußeren Henkel einer der Tonnen, wobei sie vor Anstrengung trockene Huster ausstieß. „Da braucht man doch bloß 'n bisschen patent denken. Na, nu helft mir doch mal ruff!"

Nachdem sie oben war, bearbeitete sie gleich zwei Müllkästen gleichzeitig. Sie trampelte mit dem rechten Bein im rechten, mit dem anderen im linken herum.

Ihre Stocherwaden sanken abwechselnd immer tiefer in den Tonnen ein und die Abfallhügel schrumpften.

Wieder auf dem Boden gelandet, warf sie mit Schwung die Abfalltüte von Herrn Mai hinterher und klappte die Deckel runter.

„So." Sie klopfte eine Hand an der anderen ab und sah siegesgewiss in die Runde.

Urplötzlich schien sie beste Laune zu haben. „Ach, wo wa alle jrade da sind – am dreizehnten so jegen zwei Uhr, da bringt euch wat unterm Hintern mit. Hoffentlich hält dit Wetter. Wenn nich, och nicht weiter schlimm, dann wird eben im Treppenuffjang jefeiert."

So war sie, die alte Keifunke – der Streit war bereits vergessen.

Willi, Jakob und ich heckten ein Geburtstagskonzert für den 13. September aus, und zwar ein gepfeffertes. Alle Hinterhofkinder sollten Krach auf Kochtöpfen, Fahrradhupen und Trillerpfeifen machen.

Der einzige Haken war, dass wir die Karschunke am Geburtstag nicht ärgern durften. Deshalb hatte ich noch eine Krachkonzert-Besänftigungs-Idee: Wir würden ihr den Kastanienbaum schmücken, so heimlich, wie die Studenten nachts angeblich Tauben fütterten.

Aber seltsam – seit dem Müllkastenspektakel ließ sich Frau Karschunke nicht mehr am Fenster blicken. Unten auch nicht. Wir konnten Radau machen, so viel wir wollten, bloß, ohne ihr Gemecker machte das keinen Spaß.

War sie verreist? Hansi stand nicht mehr auf dem Fensterbrett, nur die Grünpflanzen sah man wie immer.

Frau Jellowei sagte: „So lange es die Karschunken jibt, isse rejelmäßig im Jahr zu ihrer Schwester nach Bad Freienwalde jefahren, jetzt isset wohl mal wieder soweit. Wen hat se denn mit Blumen jießen beauftragt?" Niemand wusste es.

Am 13. September morgens betrachtete ich mit Jakob und Willi unser Werk. Sieben Lampions baumelten an den unteren Kastanienästen – von Sammelgeld der Nachbarn gekauft. Gregor hatte uns sogar eine Leiter geliehen und erlaubt, noch bunte Schleifen aus Krepppapier in die Zweige zu binden, mitten zwischen grüne Stachelkastanien.

Es war schönstes Geburtstagswetter. Nur, wo blieb Frau Karschunke? Wir waren schon so gespannt, was sie zu den Lampions sagen würde. Bestimmt tat sie erst mal ganz entrüstet, kriegte einen Hustenanfall und drohte uns dann lachend mit der Faust.

Die Nachbarn schleppten bereits Stühle raus, und Gregor knurrte: „Die wird doch nicht einfach weg jefahren sein, ohne wat zu sagen?"

Gegen Mittag war es noch immer still an Frau Karschunkes Küchenfenster.

„Ick jeh mal ruff kieken", sagte Frau Jellowei, kam aber gleich wieder runter. „Da rührt sich nüscht."

Ich betrachtete die Lampionmonde. Sie lachten mich an und nickten mit den Gesichtern. Aber auf einmal sahen sie nicht mehr lustig aus. Nein, sie zogen Fratzen, und ich erschrak.

„Ob ihr was passiert is?" Ich starrte Frau Jellowei ängstlich an.

Sorgenvoll kletterte ihr Blick zum ersten Stockwerk hinauf. „Wat soll denn passiert sein ..."

Die Nachbarn auf ihren Sitzgelegenheiten unterm Kastanienbaum sahen sich verwirrt an.

Willi warf mir ein bedeutungsvolles Augenzwinkern zu.

Ach ja, unsere Krachinstrumente, die im hinteren Kelleraufgang warteten ... Ich spürte plötzlich deutlich, dass wir sie nicht benutzen würden.

Gegen halb vier benachrichtigte Gregor die Polizei. Zwei Beamte brachen später Frau Karschunkes Wohnungstür auf und drängten die Geburtstagsgäste zurück. Niemand durfte ihre Wohnung betreten.

Zuerst trug einer der Beamten den Käfig an uns vorbei. Hansis Beine ragten in die Luft. Er lag steif am Boden. Ein anderer Polizist versiegelte Frau Karschunkes Wohnungstür.

Stumm nahm meine Mutter Hansis Käfig an sich.

„Hatte sie Angehörige?", fragte einer der Polizisten sie.

„Irgend 'ne Schwester in Freienwalde."

„Wo genau?"

Niemand wusste, wo Frau Karschunkes Schwester wohnte.

Im Hof wurden die Sitzgelegenheiten weggeräumt.

Nachdem ein langer schwarzer Wagen Frau Karschunke in einem braunen Sarg weggefahren hatte, blieb es mehrere Wochen seltsam still im Hinterhof.

Da merkten Willi, Jakob und ich, wie sehr sie uns wirklich fehlte.

Es wurde Herbst. Der Kastanienbaum warf seine braunen Früchte und bald darauf alles Laub ab.

In seinen Zweigen schaukelten noch die Lampions wie vergilbte Schrumpfgesichter.

Der rote Riese

Von jeher haben mich Türme fasziniert, so sehr, dass meine Augen auf Reisen in fremde Städte immer zuerst die höchste Turmspitze suchten, zum Beispiel den Campanile in Florenz oder den in Siena. Aus der Vogelperspektive die Anatomie der Straßenzüge oder eine Landschaftskomposition zu erfassen, verursacht mir ein heiliges Gefühl der Erhabenheit über alle Dinge weit unter mir.

Ganz besonders angetan haben es mir rote Backsteinkirchen mit hohen, schlanken Türmen. Harmlos aufrecht stehend, recken sie auf ihrer Spitze goldene Kreuze oder blitzende Wetterhähne. Ich bin in Berlin aufgewachsen, wo es unzählige ihrer Art gibt. Erhebt sich vor mir einer dieser Türme, erfasst mich sofort die undefinierbare Gefühlsmischung aus Respekt, Bewunderung und seltsamem Grusel.

Kirchtürme ziehen mich magisch an, doch jahrelang kam ich nicht dahinter, woher meine rätselhaften Empfindungen rühren.

Schon einige Male habe ich eins dieser hochgewachsenen Gemäuer über eine Wendeltreppe oder ein Leitergefüge erklommen, in Greifswald, in Münster, im Kölner Dom. Ich habe es geschafft, hoch hinaus zu gelangen, sogar Riesenglocken zu umsteigen, welche ohrenbetäubend dröhnten. Aber im Nachhinein war ich jedes Mal heilfroh, einen für mich höchst gefährlichen Widerstand bezwungen zu haben.

Erklären konnte ich mir dieses Phänomen nicht. Irgendwann jedoch erlebt man vielleicht einen Moment der Assoziation, einen winzigen Erinnerungsblitz, der aus heiterem Himmel aufklärt, was ein halbes Leben lang in Nebel gehüllt und unbeantwortet blieb.

Als ich das kleine Mädchen Christa war, fielen beim Anblick roter Backsteinkirchtürme schreckliche Ängste über mich her. Und bevor ich die Erklärung dafür herausfand, besuchten sie

mich in nächtlichen Träumen. Meist stieg ich eine breite Frei-
treppe zum Eingangsportal hinauf, dann in den schwarzen
Schlund einer lichtlosen Wendeltreppe mit Stufen, nach denen
die Füße suchten. Dann endlich von oben herab ein erlösender
Lichtschein.

Zuerst trat ich hinaus an eine Balustrade hoch über Hausdä-
chern, lehnte mich gegen die Mauerbrüstung, um hinunterzu-
schauen und begann, ein Gefühl von Freiheit und
Himmelsweite zu genießen. Unmittelbar danach bemerkte ich
leise knirschende Geräusche, und dann sah ich: Die Mauer begann zu bröckeln. Sie bestand aus nur lose aufeinander ge-
schichteten Backsteinen, die ineinander zusammenfielen und
mit jähem Karacho vor mir in die Tiefe prasselten.

Schutzlos taumelte ich vor einem schwindelnden Abgrund, ret-
tete mich in Panik rückwärts gegen die innere Turmwand und
schob mich vorsichtig zur Turmöffnung der Innentreppe. Doch
Stufen waren nicht mehr vorhanden – ein schwarzer Schlauch
gähnte mir entgegen, und meist wachte ich mit einem Angst-
schrei auf. Diesen Alptraum meiner Kindheit durchlebte ich in
verschiedenen Varianten, und immer waren rote Backsteinkirchtürme darin bösartig.

Eines Tages, im Erwachsenenalter, nachdem ich längst nicht
mehr in Berlin wohnte, besuchte ich dort meine Eltern. Ich ging
in den Straßen meiner Kindheit spazieren, den Teltowkanal entlang, bog ab zum Hindenburgdamm in Lichterfelde.

Auf einer von Verkehr umschlossenen grünen Insel, von weit-
her sichtbar, gibt es dort eine rote Backsteinkirche und in deren
Schatten eine kleine Dorfkirche.

Dicht davor blieb ich stehen und blickte hinauf zum Turm der
Pauluskirche mit den Uhren an jeder Seite, bis urplötzlich daraus dröhnende Schläge gongten.

Augenblicklich erfasste mich jene angstbesetzte Ehrfurcht aus
den Träumen, gleichzeitig öffnete schlagartig ein Kindheitser-
lebnis die Schublade meiner Erinnerung.

Ich muss etwa fünf Jahre alt gewesen sein, denn der Krieg war offensichtlich vorbei. Meine Mutter führte mich an der Hand den Hindenburgdamm entlang. Wir gingen zur Oma, und um das Fahrgeld für die Straßenbahn zu sparen, legten wir einen für Kinderfüße sehr langen Marsch zurück.

Mutti versuchte spielerisch, mir den Weg schmackhaft zu machen, wir hüpften und sangen.

Mit einem Mal war sie verschwunden und ließ mich im wahrsten Sinn des Wortes mutterseelenallein.

Verstört drehte ich mich um mich selbst und rief nach ihr – sie war wie vom Erdboden weg gehext.

Mit Macht dröhnten jähe Uhrschläge über mir, sodass ich vor Schreck erstarrte. Und ich sah IHN vor mir aufragen, den schrecklichen roten Riesen mit der spitzen Zipfelmütze. Zwei erleuchtete Uhraugen starrten auf mich herab.

Vor Angst blieb mir das Schreien in der Kehle stecken. Jeden Augenblick wollte sich der mächtige Rote auf mich stürzen, und wimmernd ging ich in die Hocke und machte mich so winzig ich konnte.

„Buh, hier bin ich!", rief meine Mutter, die sich hinter einem Baum versteckt hatte. „Aber Christa, warum heulst du denn? Dummerle, das war doch nur Spiel!"

Rote Backsteinkirchtürme … das Heer der roten Riesen! Überall in der Stadt tauchen sie auf und halten Stellung.

Dabei geht mir auf, dass ich nie einen im Krieg von Bomben zerstörten gesehen hatte. Diese brutalen Monster hatten wohl ebenfalls großen Respekt vor roten Riesen. Obwohl die Pauluskirche, nach meinen späteren Recherchen, wohl doch einige Treffer abbekommen hatte und vereinfacht restauriert worden war.

Nein, sie verfolgen mich schon jahrzehntelang nicht mehr in Träumen. Faszinieren können sie mich immer aufs Neue.

Das Kind mit den Narben

1943, Berlin. Nach Berichten einer Tante und des Vaters, der aus italienischer Gefangenschaft nach Hause kam und seine Tochter fast sterbend vorfand.

Das Kind stieß einen unwirklich gellenden Schrei aus und sprang auf. Zwei Hände drückten es fest und zwangen es zu sitzen. Es schrie, wimmerte, brüllte, kreischte, bis die Stimme versagte.

Du bleibst da jetzt sitzen, bis du aufhörst zu schreien. Mach ins Töpfchen! Die Mutterstimme. Die Mutterhände. Sie hielten fest. Drückten auf die zweijährigen Schultern.

Das Wimmern klang plötzlich seltsam, das Kind begann zu zittern, schüttelte sich wie im Fieberschub, verdrehte die Augen. Fiel zu Boden.

1943. Krieg. Alles wurde verwertet, sogar die Waschlauge der ausgekochten Kinderwindeln. Damit sollte das Töpfchen „ausgebrüht" werden. Minuten später, nachdem das Kind wie leblos umgefallen war, Panik.

Ein Versehen. Eine blinde Tante, so wurde später gesagt, hätte sich versehen. Oder ein Vergehen? Ein Versehen. Es gab keine blinde Tante.

Auf Leben und Tod lag das kleine Mädchen drei Wochen fiebernd auf dem Bauch, aß nicht, trank nicht, wimmerte halb im Koma. Der kleine Po bestand nur noch aus rohen Fleischbrocken.

Krieg mit allen medizinischen Engpässen. Kein Arzt aufzutreiben. Wirklich nicht? Man badete das Kind, um die Wunden von der Lauge zu reinigen. Ein fataler Fehler. Sie infizierten sich. Aber eine Ärztin hätte man doch finden können. Warum keine Ärztin?

Die Schuld für diesen „Unfall" oder die Unbeherrschtheit einer überforderten Mutter sollte niemand erfahren. Nahm man dafür in Kauf, dass das Kind starb?

Es wurde gesund. Die Brandwunden vernarbten. Und machten zu schaffen. Immer, überall. Sobald das Kind auf einem kalten Stuhl saß, zum Beispiel in der Schule, begannen die Narben bestialisch zu jucken. Es rutschte hin und her und wurde wegen Zappelei ermahnt, gemobbt, in die Ecke gestellt.

Als das Mädchen älter war, schämte es sich seiner Narben. Sie war unberührte 21 Jahre alt, als ein Mann sie vergewaltigte, aus Wut, weil sie mit ihm geflirtet, ihn aber aus Scham nicht an sich hatte heranlassen wollen.

Die Scham blieb. Ein von Verbrennungen verunstalteter Narbenhintern war jedem Gynäkologen eingehende und entwürdigende Betrachtung wert. In der Klinik, z.B. bei den Entbindungen ihrer Kinder, wurden jeweils Studierende zusammengetrommelt, die das Phänomen eines vernarbten Frauenintimbereichs begutachten und abtasten durften. Nicht nur das. Wie tief reichte das zerstörte Gewebe? Jeder durfte pulen, hineinfühlen, gucken, quälen sogar während der Wehen.

Die Zerstörung hatte nur äußerlich stattgefunden, so viel erfuhr die Frau. Die Scham blieb. Sie hatte nie gewagt, sich ihre Missbildungen selber anzuschauen, schon gar nicht jemand anderem diesen Blick erlaubt. Nicht einmal dem eigenen Mann.

Sie ging gedemütigt durchs Leben, gebar, erzog die Kinder.

Haben Sie sich das nie mit einem Spiegel angeschaut? Die Frauenärztin. *Ach wissen Sie, da habe ich weißgott schon Schlimmeres gesehen.*

Das war kein Trost. Keine Ermutigung, sich selbst anzunehmen mit diesem Makel. Die Scham brannte sich in die Narben. Das *Muttermal* sah vielleicht wirklich nicht mehr abschreckend aus. Hatte es das überhaupt wirklich? Sie wollte es nicht wissen und sich schon gar nicht mithilfe des Spiegels vergewissern.

Die Angst, nicht akzeptiert, für hässlich abstoßend befunden zu werden, hatte dieses Problem groß gemacht, sodass es bis ins Alter existierte. Dennoch. Es gab einen Mann, der danach nicht fragte. Auch nie schaute, einfach lieb war. Ihr Kinder schenkte. Die Zeit war es, die ihr sanft über den Kopf strich und ermöglichte, sich zu gewöhnen und es zu vergessen.

Später, sehr viel später wagte sie den Blick in den Spiegel. Googlete Bilder von anderen „Normalen". Sie verglich.

Wie viel Zeit hatte sie vergeudet! Angst und Beschämung hatte sie sich anscheinend selbst zugefügt. Und für Jahre gepflegt. Denn sie unterschied sich kaum mehr von den Abbildungen anderer Frauen.

Endlich also der Spiegelblick. Er befreite sie von ihrem Trauma. Es hatte keine Bedeutung mehr.

Grunewald
(übernommen aus SchreibLese, Edition Gegenwind 2022)

Bereits als Schulkind konnte ich es kaum erwarten, besondere Erlebnisse mittels Stift und Papier in Sicherheit zu bringen, bevor deren Strahlkraft zu verblassen drohte.

Mein erster dafür zuständiger Schatztresor war ein taubenblaues, verschließbares Tagebuch, dem später Dutzende Neuauflagen folgten. Darin schrieb ich auf, was mir für den Tag bemerkenswert erschien, schmückte Unscheinbares mit wortreichen Dekorationen aus und ließ mich dabei munter in wolkenhohe, abgrundtiefe Fantastereien entführen. Ich richtete mir meine Welt so ein, wie ich sie real nicht erlebte, redete mir die Entbehrungen der Nachkriegszeit zauberschön und erfüllte mir meine geheimen Wünsche.

Bald begann ich, bedeutende Augenblicke, Beobachtungen oder Gefühlsmomente in Gedichten einzufangen. Sobald ich die ersten ganzen Sätze schreiben konnte, fielen sie über mich her, die Reime, die mich aus meiner damals alles andere als heilen Nachkriegswelt entführen konnten. Es gab kaum noch Bücher bei uns zu Hause, aber wir besaßen einen Familienschatz: Das große Wilhelm-Busch-Album. Darin verkroch ich mich oft für Stunden und eignete mir ganz selbstverständlich meine eigene Reimsprache an.

Das erste kleine Gedicht, an das ich mich erinnere:

Meine Oma ist schon alt.
Ihr ist manchmal schrecklich kalt.
Sie sitzt im Sessel in der Ecke.
Ich schenk ihr meine Decke.

Die Tagebücher meiner Kindheit sind leider späteren Umzügen zum Opfer gefallen. Wiedergefunden habe ich nur wenige dieser Schätze, zu denen mein damals rhythmisch noch recht unbekümmertes Gedicht „Grunewald" zählt.

Ich erinnere mich deutlich an jenen Sommertag, der ganz sicher einer der ersten Auslöser meiner Naturverbundenheit, späterer Träume, sehnsüchtiger Emotionen und der Suche nach sinnlichem Erfülltsein war. Er brachte meinen inneren Motor zum Laufen, das Aufschreiben als wichtigstes Element und Lebenselixier für mich zu entdecken.

Natürlich weiß ich, dass sich Erinnerung gern als löchriger Strumpf erweist, den die Fantasie zu reparieren und weiter zu stricken sucht. Doch Ursprung und Kern meines in den folgenden Texten festgehaltenen Abenteuers bleiben für immer unantastbar:

Grunewald
Heimlich habe ich mir etwas gestohlen.
Ich musste es mir einfach holen!
Ein kleines Glück allein für mich:
Die Welt und mittendrin nur ich.
Ich gehe allein im Wald, dem stillen,
da zirpen nur für mich die Grillen,
für mich allein die Vögel singen.
Und wo vorhin noch Wolken hingen,
strahlt jetzt der Himmel blau und weit.
Hier bleib ich bis in Ewigkeit.
Die Nase hab ich aufgereckt,
so liege ich im Gras versteckt,
wo niemand etwas von mir will.
Ich lausche nur und bin ganz still,
ich atme ein und atme aus.
Dies Schöne nehme ich mir mit nach Haus.
Und es gehört mir ganz allein.
Das soll stets mein Geheimnis sein.

Berlin-Grunewald, Sommer 1953

Ich bin zwölf Jahre alt, ein noch sehr kindliches Mädchen, unterwegs im Berliner Stadtteil Grunewald. Ich stehe unbegleitet auf dem gepflasterten Bürgersteig an einer einsamen Haltestelle und warte auf den Bus Richtung Lichterfelde.

Hinter meinem Wartepunkt beginnt eine undurchdringliche Wand aus Gebüsch und dunklen Baumstämmen, was ich etwas ängstlich wahrnehme, denn weit und breit lässt sich kein Mensch blicken, ebenso wenig ein Bus, der mich nach Haus bringt.

Zwanzig Minuten vergehen, und es kommt mir immer merkwürdiger vor, dass sich weder andere Leute zu mir gesellen noch die Verkehrsbetriebe ein Fahrzeug schicken. Endlich sehe ich mir den Fahrplan genauer an: Sonntag! Heute wird diese Haltestelle ausgespart, man hat sich zur nächsten zu begeben. Aber wo ist die?

Ich renne in Fahrtrichtung weiter, bis ich eine Ampelkreuzung mit Autos und Passanten erkenne.

Beruhigt verlangsame ich meine Schritte.

Da die Straße den Waldsaum nicht verlässt, atme ich tief den Duftcocktail aus Buschwerk, Kiefern und Pilzen ein. Wie schön! Am liebsten würde ich mittendrin umherlaufen. Und da kommt mir ein verwegener Gedanke: Soll ich mich, plötzlich frei von einzuhaltenden Zeiten und Pflichten, auf eine kleine Exkursion wagen?

Ein Schild weist darauf hin, dass ich mich in der Nähe des Jagdschlosses Grunewald befinde, zu dem von der Straße ein breiter Weg führt. Den kenne ich von einem Klassenausflug.

Ich seufze vor Erregung, bleibe kurz stehen, setze mich zögernd wieder in Bewegung. Angesichts des düsteren Walddickichts fallen mir Exhibitionisten, Kindesentführer, Mörder ein. Versteckte Russen! Von solchen Gefahren liest man doch jeden Tag in der Zeitung. Mein Vater jedenfalls weiß das und droht manchmal mit Horrorgeschichten, damit seine vier Kinder sich keine Extravaganzen herausnehmen.

Mein Herz pocht schneller, als ich einen kleinen mit Kiefernnadeln und vertrockneten Zapfen bedeckten Trampelpfad betrete, der zum Hauptweg führt.

Ich blinzle hinauf in die hohen Baumstämme, deren wankende Kronen das Blau des Himmels auszumalen scheinen. Hereinfallende Strahlen aus Licht und Staub spielen mit silbrig tanzenden Sonnenfunken. Zikadengefiedel, nicht auszumachen aus welcher Richtung, hell flimmernde Flecken zwischen Schattenmulden, entfernte Stimmen wie vom Wind zerzupft – nichts Böses reckt seine Arme nach mir Stadtkind, das nie allein in einem Wald auf Entdeckungsreisen gegangen ist.

Erleichtert sehe ich auf dem Hauptweg Spaziergänger mit Taschen voller Badesachen, vielleicht auch mit Stullen oder Kuchen für *Hier können Familien Kaffee kochen*. Erholungsuchenden mit knappem Geldbeutel bietet sich im Grunewald die kostensparende Romantik einiger Gartenrestaurants: Eine Kanne kochendes Wasser und Tassen werden gratis serviert, die gemahlene Bohne hat jeder selbst beizusteuern.

Ein besonders großer hellgelber Bodenflecken waldeinwärts fällt mir auf, nicht weit entfernt. Er weckt die Illusion einer baumlosen Insel.

Spontan zieht es mich dort hin. Ich möchte das Einhorn sehen, den Riesen, hinter Gräsern und Blättern die neugierigen Augen von Feen, Waldgeistern, Zwergen!

Ich warte ab, bis mir niemand mehr auf dem Weg entgegenkommt, dann stapfe ich querwaldein. Unter meinen Sandalen knacken verdorrte Kiefernnadeln, Sand rieselt mir warm und weich zwischen die Zehen.

Der helle Flecken gibt sich als weite Lichtung aus Dünensand zu erkennen, mit einem Nadelteppich bedeckt, umrandet von hüfthoch wankenden Gräsern und anderen Pflanzen. Die Luft darüber flimmert. Den Sand der Insel hat die Sonne sengend aufgeheizt, trotz der Sandalen fühle ich ihn bald wie Glut unter meinen Sohlen. Bin ich hier nicht bestens sichtbar für einen Jäger, der jenseits der Lichtung auf seinem Hochstand ein Gewehr anlegt? Kurzer Schreck, dann verbiete ich mir alles Ängstigende. Das hohe Gras lockt mich!

Ich sehe mich um, aber niemand ist mir gefolgt.

Schon bin ich dort und strecke mich rücklings in einer Mulde zwischen tanzenden Gräsern und Pflanzenbüscheln aus. Darin strahlt der Boden angenehme Kühle aus und duftet würzig nach Erde. Ich lausche dem feinen Rauschen der nahen Bäume, dem Krächzen einer Elster, dem an- und abschwellenden Knattern eines Hubschraubers, dem Konzert unzähliger Grillen und meinem Atem, der bald eins ist mit diesem Sonnentag.

Hier gibt es nur mich, und es ist grandios. Ganz still liegen. Diese abenteuerliche Freiheit auf mich einwirken, den Kopf leer werden lassen. Keinen bewussten Gedanken mehr formen. Niemandem und nichts außer mir selbst gehören. Mir alles, was ich sehe und vernehme, zum Geschenk machen und bedingungslos annehmen.

Dieses Losgelöstsein von meiner sich täglich wiederholenden Alltagswelt und allen damit verbundenen Einschränkungen und Ängsten empfinde ich tief, gleichzeitig mein Lebendigsein, das ruhig in meinem Körper und meinen Sinnen weiter pulsiert.

Reines Glücksgefühl erfüllt mich.

Der Bus bringt mich mitsamt meiner (mit Sicherheit von meinen Eltern nicht gebilligten und damit geheim zu haltenden) Hochstimmung nach Hause, ich fühle mich mutig, stark und stolz.

Ganz schnell muss ich alles aufschreiben, sonst huscht der Zauber weg, bevor ich ihn auch nur an einem Haar festhalten kann.

Aber ich verrate niemandem davon. Außer meinem taubenblauen Tagebuch.

Unter dem 2010 gegründeten Label Edition Gegenwind erscheinen seit 2010 vor allem Neuausgaben früher veröffentlichter Buchtitel sowie Originalausgaben anerkannter Autorinnen, Autoren, Illustratorinnen und Illustratoren. Ihre Herstellung erfolgt über Self-Publishing-Plattformen wie Tredition, Books on Demand (Bod), epubli und neobooks. Bislang sind in der Edition Gegenwind 76 Titel erschienen.

Aktuelles Belletristik-Programm der Edition Gegenwind 2023

Gabriele Beyerlein
Die Göttin im Stein, Steinzeit-Roman, 2013, 2015
In Berlin vielleicht, Roman, 2013
Berlin, Bülowstr. 80 a, Roman, 2014
Es war in Berlin, Roman, 2015

Thomas Fuchs
Bj. 66, männlich, renovierungsbedürftig, Roman, 2013
Malcolm - Das Lächeln Afrikas, Roman, 2012
Eine unglaubliche Geschichte, Roman, 2013
Da war ich schon tot, Kriminalroman. 2018

Ulrich Karger
Herr Wolf kam nie nach Berchtesgaden, Gedankenspiel in Wort und Bild zus. m. Peter Karger. 2012, 2022
Verquer, Roman-Collage, 2013
Vom Uhrsprung und anderen Merkwürdigkeiten, Moderne Märchen und Parabeln, 2015
Homer: Die Odyssee, nacherzählt von Ulrich Karger. 2015

Manfred Schlüter
Das Perpezudum oder Wie der alte Morawitz das Perpetuum mobile erfand, Erzählung 2013

Ella Theiss
Die Spucke des Teufels, historischer Kriminalroman. 2019
Alles kurz und klein, Kurzkrimis. 2019
Darmstädter Nachtgesänge, historischer Kriminalroman. 2023

Christa Zeuch
Worte, schwarz und weiß geflügelt, Gedichte, 2016
Leise Wortlaute, Gedichte, 2017
Zeitenkanon, Lyrik. 2021

Antohologie der Edition Gegenwind (hrsg. v. Ulrich Karger)
SchreibLese: Ansichten – Aussichten – Einsichten
          Textbeiträge: Beyerlein, Karger, Schlüter, Theiss, Zeuch
          Illus. Manfred Schlüter. 2022

Aktuelle Reihe Kinder- und Jugendbuch 2023

Ursula Flacke
Die Nacht des römischen Adlers. Ab 11 J., Jugendroman. 2017
Der goldene Palast – Geschichten vom kleinen und großen Glück. 2018

Dagmar Chidolue
Sugar. Ab 12 J., 2015

Sylvia Schopf
Peppi Pepperoni. Ab 6 J., Illus: Susanne Schwandt. 2015
MALINCHE: Prinzessin der Azteken. Ab 10 J. Illus.: Marta Hofmann-Ptak. 2015

Gabriele Beyerlein
Lara und das Geheimnis der Mühle. Ab 6. J., Illus: SusanneSmajic. 2011
Bea am anderen Ende der Welt. Ab 8 J., Illus: Iris Hardt. 2012
Ilo und die Keltenfürsten. Ab 8 J., Illus: Tilman Michalski. 2012
Der schwarze Mond. Ab 11 J., Fantasy-Roman. 2013
Schwarze Wasser oder Ein neues Leben. Ab 11 J., 2015
Die Kette der Dragomira. Ab 12 J., 2015
Der Schatz von Atlantis. Ab 11. J., Phantastisches Kinderbuch. 2017
Aja oder Alles ganz anders. Ab 11 J., 2020

Thomas Fuchs
Wanted – plötzlich gesetzlos. Ab 10 J., Jugendroman. 2013
Die Welt ist ein Fahrrad. Ab 13 J., Jugendroman. 2013
Drei Freunde und der schwarze Hund. Ab 8 J., Illus: Imke Sönnichsen. 2014
Neles Block. Ab 5 J., Illustrationen zum Weitermalen. 2014
Falsche Zeit, falscher Ort. Ab 13 J., Jugendroman. 2014
Nullnummer. Ab 11 J., Jugendroman. 2014
Follow me! Ab 10 J., Jugendroman. 2015
wild@heart. Ab 14 J., Jugendroman. 2015
1. FC Profikicker. Ab 10 J., Jugendroman. 2017

Manfred Schlüter: (inkl. Illus. des Autors)
24 Weihnachtmänner. Ab 5 J., 2017
SimsalaSurium. Ab 5 J., 2014
SINA und das Kaff am anderen Ende der Welt. Ab 12 J., 2013

Pete Smith
Mein Freund Jeremias. Ab 8 J., Illus: Hans-Jürgen Fellhaus. 2015
Tausche Giraffe gegen Freund. Ab 8 J., Illus: RoooBert Bayer. 2015
Das Geheimnis von Schloss Gramsee. Ab 10 J., 2015
1227 – Verschollen im Mittelalter. Ab 14 J. 2015
168 – Verschollen in der Römerzeit. Ab 14 J., 2015
2033 – Verschollen in der Zukunft. Ab 14 J., 2019
Amok – Der Weg des Kriegers. Ab 14 J., 2019

Christa Zeuch
Der Frosch hat einen Frosch im Hals. Ab 6 J., Illus: Gabriele Elsler. 2013
Der Frosch hat einen Frosch im Hals, CD, Musik von Fabian Zeuch 2013
Moonskaters Taum vom Fliegen, Jugendroman. Ab 12 J., 2013
Prinz Memo. Fantasyroman. Ab 9 J., Illus: Ch Zeuch. 2013
Mein Zauberschloss hat viele Türen. Ab 6 J., Illus: Ch. Zeuch. 2014
Affenkopp liebt Zottelbär. Ab 6 J., Illus: Ch. Zeuch. 2015
Wawar und der Feuervogel. Ab 8 J., Illus.: Gabriele Elsler 2015
Die Augen der Kukurill. Ab 8 J., Illus: Ch Zeuch. 2015
Mein Sommer mit Oma und Finn. Ab 11 J., Illus: Ch Zeuch. 2016
Menschen wie ich du er sie es – Geschichten mit und ohne Kopf, 2023

Bücherwurm trifft Leseratte. Ab 5 J.
    Textbeiträge: Beyerlein, Fuchs, Karger, Schlüter, Zeuch.
    Illus.: Manfred Schlüter. 2013

Bücherwurm trifft Leseratte 2. Ab 5 J.
    Textbeiträge: Beyerlein, Chidolue, Flacke, Fuchs, Karger, Schlüter,
    Schopf, Smith, Zeuch. Illus: Manfred Schlüter. 2016

<u>Reihe Sachbuch</u>

Ulrich Karger
Büchernachlese, Rezensionen. 1985 – 1989 - 2019
Briefe von Kemal Kurt (1947 -2002), mit Nachrufen und Rezensionen. 2013
Kolibri: Das große Zeichenbuch, Freie Bildzyklen, Buch- und Zeitungsillustrationen. 2016

Sylvia Schopf
Wir entdecken fantastische Welten, Spielgeschichten für Kindergarten und Vorschule. 2015
Wie der Tod in die Welt kam, Mythen u. die große Menschheitsfrage. 2017